우리 고전 다시 읽기

역옹패설

(주)신원문화사

이제현 외 지음
구인환(서울대 명예교수) 엮음

좋은 책 좋은 독자를 만드는
(주)신원문화사

머리말

　수천년 동안 한 민족이 국가의 체제를 갖추어 연면한 역사와 전통을 계속해 왔다는 것은 인류 역사를 살펴봐도 그렇게 흔한 일이 아니다. 그리고 그 민족이 고유한 문자를 가지고 후세에 길이 전할 문헌을 남겼다는 것은 더욱 흔한 일이 아닐 것이다.

　이러한 면에서 볼 때 우리 한민족은 세계 어느 나라와 비교해도 손색없고, 자랑스러운 역사와 전통을 이어왔다. 우리 한민족은 5천 여 년의 기나긴 역사를 통하여 수많은 외세의 침략을 받아 백척간두의 국난을 겪으면서도 우리의 역사, 한민족 고유의 전통을 면면히 이어온 슬기로운 조상이 있었다. 이러한 까닭으로 오늘날 빛나는 민족의 문화 유산을 이어받은 것이다.

　고전 문학(古典文學)이란 실용성을 잃고도 여전히 존재할 만한 값어치가 있고, 시대와 사회는 변해도 항상 시대를 초월하여 혈연의 외침으로 우리의 공감대를 울려 주기에 충분한 문화적 유산이다. 그러므로 오늘을 사는 우리들은 조상의 얼이 담긴 옛

문헌을 잘 간직하여 먼 후손들에게까지 길이 이어주어야 할 사명감을 가져야 할 것이다.

고전 문학, 특히 국문학(國文學)을 규정하는 기준이 국어요, 나라 글자라면 우리 민족의 생활 감정을 표현한 국문 작품이야말로 진정한 국문학이 된다 할 것이다.

그러나 우리 고유 문자의 탄생은 오랜 민족 역사에 비해 훨씬 후대에 이루어졌다. 이 까닭으로 우리 민족은 일찍부터 외국의 문자, 즉 한자가 들어와서 사용했다. 이처럼 우리 선조들이 고유 문자가 없음을 한탄할 때에, 세종조에 와서 마침 인재를 얻어 훈민정음이 창제되었다. 하지만 여전히 한자가 독보적인 행세를 하여 이 땅에 화려한 꽃을 피웠다. 따라서 표현한 문자는 다를지언정 한자로 된 작품도 역시 우리 민족의 생활 감정을 나타낸 우리의 문학 작품이다. 이러한 귀결로 국·한문 작품을 '고전 문학'으로 묶어 함께 신기로 했다.

　우리 글이 창제된 이후에도 우리 선조들의 손으로 쓰여진 서
책이 수만 권에 달한다. 그 가운데에서 국문학상 뛰어난 몇몇
작품을 선정하는 것은 물론 산재해 있는 문헌의 자료를 수집하
기 위해 숨어 간직되어 있는 작품을 찾아내는 것도 여간 어려운
일이 아니었다. 그럼에도 이만한 성과를 거두고 이만한 고전 문
학 작품을 추리는 것은 현재를 삼는 우리의 당연한 책임이자 의
무이다. 다만 한정된 지면과 미처 찾아내지 못한 더 많은 작품
이 실리지 못한 것이 아쉬울 따름이다.

엮은이 씀

차
례

역옹패설

전집 1

지정(至正) 임오년[1] 여름에 장맛비가 한 달이나 계속 내려서 문을 닫고 들어앉아 있으니 찾아오는 사람조차 없어 가슴이 답답함을 견딜 수가 없었다.

처마에서 떨어지는 낙수를 벼루에 받아 벗에게서 보내온 편지 조각을 읽고 나서, 그 편지 내용에 여러 가지 설명을 붙여 묶어 그 끝에 제목을 붙여 《낙옹비설(櫟翁稗說)》이라고 하였다.

그 '역' 자는 '낙'으로 음을 읽기로 하였다. 그 이유는 나무가 재목감이 못 되는데도 베어지는 피해를 막을 수 있다면 나무로서는 더할 수 없는 즐거운〔樂〕 일이므로 '낙' 음을 따른 것이다.

내가 일찍이 벼슬을 하였으나 스스로 사직하고 내가 못났음을 생각하여 호를 '낙옹(櫟翁)'이라 한 것은 좋은 재목감은 못 되지만 장수하기를 바라는 뜻에서였다.

---

1) 1342년.

14

 '패(稗)' 또한 '비(卑)'로 읽기도 하였는데, 그 이유인즉 '피 〔稗〕'는 '벼〔禾〕' 가운데서도 낮게 자라기 때문이다. 내가 어린 시절에는 글을 많이 읽었는데 중년에 학문을 계속하지 않았더 니 이제는 늙어 버리고 말았다.

 돌이켜 생각하매 자질구레한 글만을 즐겨 썼으니 '피〔稗〕'와 같이 알차지 못한 비천한 존재라서 그 적어 놓은 글을 '비설(稗 說)'이라고 이름하였다. 이에 중사(仲思)[1]가 서문을 쓴다.

 의조와 세조의 휘(諱) 아랫글자는 고려 태조의 휘인 '건(建)' 과 모두 같다. 김관의(金寬毅)가 고려 개국 이전에는 풍속이 아 직 순박하여 혹시 그럴 수가 있으리라 짐작하고 《왕대종록(王代 宗錄)》[2]에 그렇게 쓴 것이다.

 의조는 육예(六藝)[3]에 능통하였는데, 특히 글씨와 활쏘기는 그 절묘함이 한 시대에 특출하였고, 세조는 젊어서부터 큰 뜻을 품고 세상에 웅거(雄據)할 것을 꿈꾸었으니, 어찌 그들이 할아 버지와 아버지의 이름을 범할 수 없다는 것을 잘 알면서도 그 이름을 자기 이름으로 삼고 또 그 아들의 이름으로 썼겠는가?

 하물며 태조는 왕업(王業)을 엮어 전통을 새로 세우는 데 언 제나 선왕의 법을 따랐거늘 어찌 예에 어긋나는 이름으로 하였 다고 할 수 있겠는가?

 신라 초기에는 임금을 마립간[4]이라 일컫고, 신하를 아간이나

────────────────

1) 이제현의 자(字).
2) 고려 왕조 최초의 족보.
3) 고대 중국 교육의 여섯 가지 과목. 곧 예(禮)·악(樂)·사(射)·어(御)·서(書)·수(數).
4) 마립은 말뚝의 방언임. 신라 초기에 임금과 신하가 한곳에 모일 때에는 말뚝을 세워 그
   곳을 임금의 위치로 했음. 따라서 임금을 마립간이라 불렀음. 즉, 말뚝 세운 곳에 위치
   한 사람이란 뜻임. 간은 신라의 풍속에서 서로 높이는 말로 사용되었음.

대아간이라고 불렀다. 당시는 시골의 백성들까지도 서로 간
(干)을 이름 밑에 붙여 부르는 것이 보통이었다. 아간을 쓸 때
는 아찬[5] 혹은 알찬[6]이라고도 쓰니 간(干)·찬(餐)·찬(粲)의
세 글자는 소리남이 서로 비슷하다.

의조나 세조 휘의 아랫글자 또한 간·찬·찬의 소리와 비슷
하였다. 그러므로 이것은 서로 높여 부르는 말로서, 이름에 붙
이는 것이 바뀐 것뿐으로 그것이 결코 이름은 아니다. 태조가
이 글자로 이름을 지었을 뿐 호사자(好事者)들이 억지로 꾸며
"삼세(三世)가 한 이름이므로 필경 삼한의 임금이 될 것"이라는
말을 만들었지만 그것은 믿을 만한 말이 못 된다.

관의 또한 이르기를,

"도선이 세조의 송악 남쪽 부근에 있는 집을 보고 말할 때
'제(穄)를 심어야 할 밭에 삼[麻]을 심었다고 말하였으나 제
(穄)는 우리말에 임금[王]이라는 말과 방언이 서로 비슷하기 때
문에 태조가 성(姓)을 왕씨(王氏)라고 하였다."

고 하였지만 아버지가 있는데 아들이 그 성을 고쳐 버렸다니 천
하에 이런 도리가 어디에 또 있겠는가? 그리고 태조는 세조에
이어서 궁예[7]에게서 벼슬을 하였다.

궁예는 의심과 시기가 많았는데, 아무런 이유 없이 왕이란 글
자를 자기의 성으로 하였다면 스스로 앙화를 갖는 것일 것이다.

---

5) 신라 17 관등 가운데 여섯째 등급. 일명 아척간이라고도 함.
6) 고려 태조 때 신라의 제도를 본떠 만든 구관등의 일곱째 관계(官階).
7) 태봉국의 왕. 신라 헌안왕 또는 경문왕의 서자라고 함. 신라 진성여왕 5년인 691년 북
   원에서 반기를 들고 일어나 광화 원년인 696년에 송도에 도읍을 정하고 901년에 자칭
   왕이 되었음.

삼가 《왕대종족기(王代宗族記)》를 보면 국조(國祖)의 성씨는 왕씨라고 하였다. 그러므로 태조 때 처음으로 성씨를 왕이라고 한 것은 아니니 '종제지설(種稊之說)'이 마찬가지로 거짓이 될 것이다. 또한 이르기를,

"성골장군 호경이 아간 강충을 낳았고, 강충이 거사 보육을 낳았는데, 이분이 바로 국조(國祖)이신 원덕 대왕이 되었다. 보육이 딸을 낳았는데 당나라의 귀성에게 시집을 가서 의조를 낳았으며, 의조가 세조를 낳았고, 세조는 태조를 낳았다."

고 하였다. 그렇다면 당의 귀성이라고 하는 사람은 의조에게 아버지가 되고, 보육은 아버지의 장인이 될 것이다. 국조라고 칭한 것은 무슨 이유에서인가?

또한 이르기를,

"태조가 3대에 걸쳐서 돌아가신 할아버지와 아버지와 그분들의 후비(后妃)를 추존하여 돌아가신 아버지를 세조 위무 대왕이라고 하였으며, 어머니를 위숙 왕후라고 불렀고, 할아버지를 의조 경강 대왕, 할머니를 원창 왕후라고 하였으며, 증조모는 정명 왕후라 하고, 증조모의 아버지인 보육은 국조 원덕 대왕이라 하였다."

고 하였다. 증조를 제외하고 증조모의 아버지를 써서 삼대 조고(三代祖考)라고 불렀던 것은 무슨 연유에서인가?

《왕대종족기》를 보면 '국조는 태조의 증조이고, 정명 왕후는 국조의 비(妃)'라고 하였으며, 《성원록(聖源錄)》에는 '보육성인(寶育聖人)은 원덕 대왕의 외조부'라고 씌어져 있다.

이와 같이 볼 때 국조 원덕 대왕은 당나라 귀성의 아들로서 의조의 아버지가 되고, 정명 왕후는 보육의 외손녀로서 의조의

비가 된다.

그러니 보육을 국조 원덕 대왕이라고 한 것은 매우 잘못된 것이다.

또한 이르기를,

"의조가 아버지인 당나라의 귀성이 쓰다 남겨 놓은 활과 화살을 얻어 멀리 바다를 건너서 근친(覲親)하였으니 그 뜻이 깊고 간절하였던 것인데, 용왕이 그에게 '무엇을 하고 싶으냐?'고 물은즉, 그는 곧 '동방의 우리나라로 돌아가고 싶다.'고 하였다."

하지만 의조는 이런 말을 하지 않았을 것이다. 《성원록》에 씌어져 있기는 "의조인 흔강 대왕의 아내 용녀는 평주 땅 사람인 각간[1] 두은점(豆恩坫)의 딸이다."라고 하였는데, 김관의가 적은 것과는 내용이 매우 다르다.

《왕제(王制)》에 씌어 있기는, "천자는 7묘(廟)를 모시는데, 삼소(三昭)와 삼목(三穆)[2]과 태조의 묘를 합해 7이고, 제후는 5묘(廟)를 모시는데, 이소(二昭)와 이목(二穆)과 태조의 한 묘를 합하여 다섯이 된다."라고 하였다. 《제법(祭法)》에는, "임금은 7묘와 단(壇)·선(墠)[3]을 세우고, 제후는 5묘와 1단 1선을 세운다고 씌어 있다. 한나라 원제 때의 승상인 위현성 등은 주나라

---

1) 신라 17관등의 첫 번째 등급. 진골만이 오를 수 있는 벼슬로 이벌찬이라고도 함.

2) 소와 목은 조상의 신주를 사당에 모시는 차례를 말함. 가운데에 시조의 신주를 모시고, 그 왼쪽 줄을 소, 오른쪽 줄을 목이라고 함. 소에는 2·4·6 세를, 목에는 3·5·7세를 모심.

3) 단과 선은 모두 제사를 지내는 터를 말하는 것으로, 단은 흙을 높이 쌓아 만든 제터이고, 선은 땅바닥을 닦아서 만든 제터를 뜻함.

에서 7묘를 모신다는 것은 후직(后稷)[1]으로 임명해 봉하고 문왕이나 무왕은 처음으로 천명을 받들어서 왕이 되었으니 두 묘를 없애지 아니하므로 친묘(親廟)와 함께 7묘가 되었다."고 말하였다. 한나라 때의 종실 유흠(劉歆)은, "7묘는 천자가 모시고 있는 사당의 수이고 이것은 변할 수 없는 정확한 수효이며, 받들고 있는 종(宗)[2]은 예외로 이것은 묘수에 포함되지 않게 되어 있는데, 참으로 공(功)과 덕(德)이 있는 임금이라면 그를 높이 받들어야 되는 것이므로 미리 사당의 수효를 정할 수가 없는 것이다. 은나라에는 특히 높이 받드는 사당이 3개가 있었으며 주공(周公)은 이것으로 예를 들어 성왕에게 권하였다."고 말하였다. 이것으로 본다면 종(宗)은 일정한 개수가 정해져 있는 것이 아니다. 위씨가 말한 것과 같은 7묘는 오로지 주나라의 제도에 지나지 않는다.

《상서(商書)》에서 이윤이 말하기를, "7세(世)의 사당에서 그 덕을 얻을 수 있다."고 하였으니, 7묘의 제도는 매우 오래된 기원을 갖고 있는 것이다. 반고(班固)[3]가 유흠의 말이 옳다고 한 것도 역시 이러한 연유에서이다. 또한 소(昭)와 목(穆)은 바꿀

---

1) 후직은 원래 중국의 순임금 때 농사일을 관장하던 관직으로, 여기서는 주나라의 선조를 가리킴. 이름은 기. 농사일을 잘 다스린다는 소문을 듣고 순임금이 후직의 관에 임명했음. 무왕은 그의 16대손임.

2) 종은 '으뜸' 또는 '높인다'는 뜻임. 조상의 신주를 모시는 예법에는 일정한 대수가 정해져 있음. 예를 들면 천자는 태조묘 외에 3소 3목이고, 제후는 태조묘와 2소 2목이며, 대부는 시조묘와 1소 1목임. 그래서 시조의 사당을 제외하고는 일정한 대수를 다한 신주는 옮김. 그러나 특히 공덕이 있는 조상의 사당은 이와 같이 제한된 수에 구애됨 없이 영구히 옮기지 않음. 이와 같이 옮기지 않는 사당을 종이라고 함.

3) 중국 후한 때의 역사가·문학가. 자는 맹견. 아버지 표(彪)의 유지를 받아 《한서》를 편집함. 저서로는 《백호통의》·《양도부》 등이 있음.

수 없다고 하는 것을 회암 주자(朱子)는《좌씨전(左氏傳)》에서,
"주나라 태왕의 신주(神主)와 문왕의 신주는 소요, 대왕의 아들
과 무왕은 목이라고 한 것과 당 태조 때의 학자인 안사고[4]가 아
버지는 소요, 아들은 목이요, 손자는 다시 소가 된다."고 말하
였음을 가지고 논하였다.

　또한 정현[5]이 말하기를, "천묘(遷廟)[6]의 신주(神主)는 소와
목으로 갈라지며 두 조묘(祧廟) 안에 합하여 간직된다."고 하
고, "소와 목은 차례차례로 두 조묘에 간직된다."고도 하였다.
그가 말한 대로 '합하여 간직된다'는 뜻은 여러 소를 좌조(左
祧)에 합하여 간직하고 여러 목을 우조(右祧)에 합하여 간직하
며, 소와 목의 신주를 둘 다 우조에 가합해서 간직하고 있다가
좌조에 옮긴 후에 단(壇)이나 선(墠)에 가고, 마지막으로 귀
(鬼)로 간다는 것을 말한 것은 절대 아니다.

　당 태종 때의 학자인 공영달은, "예(禮)라는 것은 삼년상을
마치고 나서 옛 조상들을 차례로 조묘로 옮기며, 새로운 신주가
사당에 들어가는 것으로 소와 목의 순서를 맞추어 소에 해당한
신주는 소묘(昭廟)로 들어가고, 목에 해당하는 신주는 목묘(穆
廟)로 들어간다."고 말했는데, 이 말은 그 뜻이 확실하게 드러
나서 의심할 여지가 없다.

　고려 충숙왕 때 민묵헌[7] 지(漬)는 "소는 의당히 옮기면 목이

---

4) 중국 당나라 초기의 경학자. 이름은 주이고, 사고(師古)는 자.

5) 중국 후한 때의 유학자. 자는 강성.

6) 묘 또는 5묘나 보통 사삿집의 4대묘일지라도 고조 이상이 되면 신구를 옮겨 뒷전으로
　보내고, 사가에서는 이를 땅에 묻음.

7) 고려 충숙왕 때의 정치가·학자. 자는 용연, 시호는 문인. 저서로는《세대편년》·《편년
　강목》등이 있으나 전하지 않음.

되어야 하고, 목은 옮기면 소가 되어야 한다."고 말하여 주자를 비웃기까지 하였다.

그러나 그의 저서인 《세대편년(世代編年)》이란 책에는 소와 목은 만세(萬歲)에 바뀌지 않아야 된다고 하였으니, 그 말의 모순됨을 우리는 알 수 있다[1].

형제가 서로 이어서 임금이 되는 것을 《공양전(公羊傳)》[2]에서는, '소와 목이 반열을 같이 한다'고 하였다. 공영달은 이르기를, "형제가 서로 뒤를 이어 임금이 되는 것에 따라서 소와 목을 다르게 한다면 형제 네 사람이 모두 대를 이어 임금이 되었을 때 조부의 사당은 곧 없애 버려야 하는데 그렇다면 그 이치는 반드시 옳지 않다는 것을 알 수 있다."고 하였다.

공양자는 그 소·목의 반열만을 같이 한다고 하였을 뿐이나 공씨(孔氏)는 그 형제가 서로 이어 내려간 세대의 수(數)까지 겸하여 논하였으니 다하지 못함이 있다. 그러면 형제 다섯이 차례로 모두 임금이 되었다면 장차 그중의 한 묘는 헐어야 할 것인가? 아직 헐지 않은 것과 그 친등(親等)이 같으니 장차 헐지 말아야 할까? 소(昭) 또는 목(穆)이 네 묘(廟)가 된다면 이것은 형제가 반열을 같이 하는 것이 마땅하다. 그러나 다섯 사람이 모두 임금이 되었으면 5세(世)가 되었으니 그것을 같은 반열이라고 하여 차례로 거두어 버리는 것은 말하지 말아야 할 것인가. 내 좁은 견해로서는 형이 죽고 동생이 임금이 되었을 때 입

---

1) 민공이 경릉, 즉 충렬왕 때에 《세대편년》을 저술했고, 뒤에 덕릉, 즉 충선왕의 명을 받들어 다른 저서 《편년강목》을 냈는데, 위의 두 저서 속의 소·목에 대한 의견이 서로 같지 않음.
2) 중국 제나라 때의 공양고가 지은 책.

묘(入廟)하는 것은 친묘(親廟)에 견주어 보아 그 뜻이 원래부터 등급을 깎아 버렸다고 할 수 있다. 천자는 친묘를 7세에 거두고, 제후는 5세에 차례로 거두어 버리는데, 형제는 3세에 거두는 것이 아닌지 어찌 알겠는가. 그렇지만 함부로 단정지을 수 없다.

우리나라에서는 선대의 임금이 형제가 서로 왕위를 이은 이는 태조의 아들인 혜종·정종·광종과 현종의 아들인 덕종·정종·문종이 있으며, 문종의 아들인 순종·선종·숙종이 있고, 인종의 아들인 의종·명종·신종이 있다. 묵헌은 이에 대하여 어떻게 결정지어야 할 것인가.

《통감(通鑑)》에 실려 있는 것에는 우리 태조가 호승(胡僧)인 말라를 통해서 진(晉)나라의 고조에게 이르기를, "발해는 우리와 결혼한 사이인데 그 임금이 거란의 포로가 되어 버렸으니 진나라의 조정과 함께 거란을 치기를 바란다."고 하였으나, 고조가 이를 듣지 않다가 소제 때에 이르러 거란과 진나라가 원수가 되었고, 말라가 다시 간청하니 소제가 우리로 하여금 거란의 동쪽 국경 지방을 혼란하게 하여 그 병세(兵勢)를 나누어 놓도록 하기 위하여 곽인우를 우리나라에 사자로 보냈으나 우리의 병세가 매우 약한 것을 보고 "지난날에 말라가 한 말이 굉장히 과장된 말이다."라고 하였다. 그 말이 이러하였을 때 후당의 청태 3년에 거란이 석경당(石敬塘)을 세워 임금으로 추대하니 이가 진나라의 고조였다. 거란의 임금과 부자(父子)의 의를 맺고 해마다 금 30만 냥과 비단 30만 필을 바치기로 하였다.

이와 똑같은 해에 후백제의 임금 견훤이 우리나라로 도망쳐와 그를 반역한 아들 신검을 토벌해 줄 것을 요청했으므로 태조가 정벌하여 신검을 잡아 죽이고 완전히 토벌해 멸망시켰다. 또한 신라의 경순왕도 나라를 바치고 입조해 왔다. 그때는 삼국이 이미 통일되었으므로 싸움을 그치고 백성을 편히 쉬게 하여 문교(文敎)를 닦았으니, 발해 장군인 신덕례와 예부경 태화균과 공부경 태덕예 등 수천만 사람들이 서로 앞장서서 귀화해 오기 시작하였다. 그 발해와 서로 혼인하였다는 기록은 《국사(國史)》에 나타나 있지 않다. 우리 태조가 심원한 지혜와 원대한 책략을 갖고서도 공명을 나타내려 하지 않았는데, 오계(五季)의 시대[1]에 중원이 어지러워 함께 손잡고 일할 만한 능력이 없다는 것을 어찌 몰랐겠으며, 석랑[2]과 제포[3]와의 교분을 이간할 수 없다는 것을 어찌 몰랐겠는가? 또한 한 명의 사신도 보내지 않고, 다른 나라의 중을 통하여, 바다를 건너 새로 세워서 아직도 완성되지 못한 진(晉)과 힘을 합쳐 발해를 위해 한창 강성한 거란과 원수 관계를 만들려고 하였겠는가? 또 곽인우가 왔을 때 과연 우리 병사의 허실(虛實)과 강약을 어찌 다 볼 수 있었겠는가? 진나라의 군신(君臣)들이 처음에는 말라의 말에 미혹되고, 나중에는 곽인우의 말을 믿어서 마침내 우리 태조가 과장된 허튼 말을 하였다고 한 것은 매우 잘못된 것이다.

원나라 조정의 《경세대전(經世大典)》은 규장각 학사 우집 등 여러 학자가 지은 것인데, 우리나라 조정에 대한 것을 보면,

---

1) 당나라가 망한 뒤 나라가 다섯 번 바뀌었는데, 이 문란했던 시대를 말함.
2) 중국 후진의 고조 석경당이 거란 왕에게 아들의 의를 맺었으므로 거란에서는 그를 석랑이라고 불렀음.
3) 포는 소금에 절인 염소라는 말로서, 거란의 태조 아보기가 원정을 갔다가 죽었으므로 그 시체를 소금에 절여서 돌아왔는데, 중국 사람들이 거란을 욕하는 말로 그렇게 불렀음.

"태조 황제 13년에 천병(天兵)4)이 거란의 배반한 병사들을 토벌하고 고려에 닿으니 고려 사람 홍대선이 항복하고 향도(嚮導)가 되었으며, 함께 나라를 치니 임금이 항복하였다."고 씌어 있는데, 이른바 배반한 자는 금산왕의 아들이었다. 그가 참람(僭濫)하게 하삭5)에서 황제라고 일컬으며 연호를 천성(天成)이라 하였다. 이윽고 동쪽 지방을 휩쓸며 우리나라의 북쪽 변경에 함부로 침입하여 몽고의 태조가 합진찰랍을 보내 군사(軍師)를 거느리고 와서 그를 토벌하게 하였다. 그때가 고려 충헌왕 5년인 무인년 겨울 12월이었다. 날씨는 몹시 춥고 비와 눈이 내려서 군량(軍糧)을 도저히 운반할 수 없었다.

적의 무리가 성벽을 깊게 하고 몽고의 군사들로 하여금 피로하고 지치게 하므로 충헌왕이 병사와 식량을 왕사(王師)에게 베풀어 주신즉 금산 왕자의 머리를 베고 그 무리를 격파시켰다. 그때에 비로소 고려와 몽고 사이에 형제의 맹약(盟約)이 맺어졌다. 그런데 지금 우 공(虞公)의 기록은 마치 황제가 우리나라에 병사를 이끌고 쳐들어왔으므로 우리나라가 어쩔 수 없이 항복한 것이라고 하였으며 두 나라 군사가 적을 같이 무찔렀다는 것과 서로 형제의 맹약을 한 것은 기록조차도 하지 않았다.

또한 홍대선은 변두리 고을의 서리에 지나지 않는 자인데 도망하여 항복하였으니, 어찌 한 부대의 군대라도 갑자기 꾸며댄 그의 미약한 협력으로 우리나라를 칠 수 있었겠는가?

또 이르기를, "태종 3년에 살탑(撒塔) 등의 무리를 보내 토벌하니 고려의 왕이 항복하고 경·부·현에 72명의 다루가치(達

---

4) 몽고의 군사를 가리킴.
5) 중국의 황하 북쪽의 땅, 즉 하북.

24

魯花赤)[1]를 배치하고 회군(回軍)하였은즉 4년에 다루가치를 다
없애고 배반하여 해도(海島)를 확보하였다.”고 하였으니, 그가
말한 다루가치라 하는 것은 중국 조정이 임명한 것이란 말인
가? 장수가 제명(制命)을 받들어 자신이 설치한 것이란 말인
가? 부나 현과 같은 작은 곳은 그렇다 해도 이경(二京)의 다루
가치는 지위가 낮은 것이 아닐진대 그 이름도 쓰지 않았음은 또
한 무슨 까닭인가?

그리고 다루가치가 72명이나 될 만큼 많다면 그들을 두는 일
과 죽이는 일이 작은 일이 아닌데《국사(國史)》에 그런 기록이
전혀 없고, 옛 노인들에게 물어 보아도 그런 일을 전혀 모르므
로 더욱 의심할 수밖에 없다.

가만히 그 연유를 살펴보니, 그때 천자가 북쪽 조정에 있어
거리상 우리나라와 만 리나 떨어진 먼 곳이었으니 일의 거짓과
진실을 알 수 없었을 것이며, 살탑이 요좌에서 병사들로 하여금
자기를 호위하도록 하였으며, 홍대선과 함께 노략질과 약탈을
하기 위해 우리의 공로를 밝히지 아니하고 우리에게 애매하게
죄를 뒤집어씌워 중국의 조정을 격분하도록 하고 침략과 살육
을 마구 일삼았을 뿐이다. 우 공이 이것을 정확히 고찰하지 못
한 점이다.

아, 옛날부터 장수가 임금을 속이고, 병사들을 시켜 부귀를
도둑질하는 일이 있지만 먼 곳에 있는 사람으로서 확실한 진상
을 밝히지도 않고 뜻밖의 도륙을 당한 것을 그 얼마나 헤아릴
수 있겠는가.

---

1) 몽고어로 행정관이란 뜻임.

사람들이, "대신으로서 귀양을 갔다 왔거나 유사(有司)[2]의 탄핵이 있어 파면된 사람은 종묘에 배향할 수가 없다."고 말하였으나 이것은 전혀 근거가 없는 말이다. 《제법(祭法)》에서 이르기를, "법을 백성에게 베풀어 목숨을 다해 부지런히 일하고, 애써 나라를 안정시켰거나, 큰 재앙을 능히 막았거나, 큰 환난을 충분히 물리쳤으면 이런 사람은 종묘에 배향할 수 있으며, 이러한 사람들이 아니면 사전(祀典)에는 나라에서 제사하라는 규정이 없다."고 하였다.

지금 종묘에 배향된 자들이 이런 무리에 견줄 바는 못 되나, 그래도 국가에 공로가 있고 백성에게 덕이 있는 이라면 가령 한때 임금이 화를 내게 하여 귀양살이를 했거나, 일을 당하여 잘못을 저질러서 탄핵을 만나 파면되었을지라도 장차 그를 버려 종묘에 배향하지 않을 것인가, 아니면 간사하게 임금의 비위나 맞추고 구차스레 잘 보여 제 한몸을 안전하게 지켜 부귀영화를 누리고 지위를 차지하면서도 특기할 만한 공로도 덕행도 없는 이를 장차 추켜올려 종묘에 배향할 수 있겠는가?

《국사(國史)》를 보면 유금필[3]은 일찍이 곡도에서 귀양살이를 한 적이 있었으나 태조의 사당에 종사(從祀)하였고, 윤관[4]은 9성(城)의 역사(役事)로 인해서 탄핵을 받았으나 예종의 사당에 배향하였으니 이 말은 전혀 터무니없다. 단지 그의 공적과 그의

---

2) 어떠한 단체의 사무를 맡아보는 직무.

3) 고려 태조 때의 무장. 태조 19년, 즉 936년 도통대장군으로 태조를 도와 후백제를 정벌해서 멸망시켰음. 성종 즉위 후 태사로 추증되고 태조 사당에 함께 모셨음.

4) 고려 예종 때의 명신 · 장군. 시호는 문숙. 예종 2년, 즉 1107년에 여진 정벌 원수가 되어 여진을 정벌하고 9성을 쌓았으나, 계속 침범해 온 여진족에 패퇴해서 9성을 돌려주고 강화했음. 패전의 죄로 벼슬과 공신의 호마저 삭탈당했음.

죄과를 비교해서만이 이론(異論)이 있을 뿐이다.

이부[1]는 문관을 뽑고, 병부는 무관을 뽑으며, 시험에 합격한 날짜의 순서와 벼슬에 따른 일의 쉽고 어려움을 구별하여 벼슬에 있을 때 그들의 잘잘못을 기록하고 직분에 잘 맞는지를 의논하여 구체적으로 문서에 기재하는 것을 정안(政案)이라고 한다.

중서(中書)라는 것은 승진과 파면 등의 시험안을 만들고 이것을 임금께 주청하고, 문하(門下)는 제칙(制勅)을 만들어 이것을 시행하는 것이니 국가의 법이 거의 중국의 것과 비슷하다.

고려 후기의 최충헌[2]은 임금을 추대하거나 폐하는 일을 제마음대로 하고, 항상 관부(官府) 안에 있으면서 자기의 보좌관들과 함께 남몰래 정안을 가져다가 벼슬을 이어 줄 사람을 자기 휘하에 있는 무리로 추천하여 승선이란 벼슬아치에게 주어서 그 승선이 임금께 들어가 간청하게 하면 임금은 그대로 따를 수밖에 없었다.

그의 아들인 이(怡)와 손자 항(沆)과 항의 아들 의(竩)의 4대가 모든 정권을 휘어잡아서 이제는 떳떳한 관습이 되어 버렸다.

이러한 승선을 정색승선이라고 부르며, 보좌관으로 이 일을 맡은 이로 삼품인 사람을 정색상서, 사품 이하인 사람을 정색소경이라 하고, 그 밑에서 종사하는 사람을 정색서제라고 한다. 그리고 그들이 모여 일하는 곳을 정방(政房)이라고 하는데, 이 것은 그 관부 내에서 일반적으로 부르는 명칭들이다.

고려 고종 때의 문신인 평장사(平章事) 금의와 수상(首相) 김

---

1) 고려 때 상서육부의 하나.

2) 고려 때의 권신. 최씨 정권의 창립자. 경인·계사의 난 이후 무신 이의민을 죽이고 정권을 잡았음.

창과 상서(尚書) 박훤과 같은 여러 명사들도 다 이러한 방법으로 승급하였으며, 그때 세상에서는 그것을 영광으로 알고, 그것이 부끄러워해야 할 것인 줄 깨닫지 못하였다.

고려 공신인 문정공(文正公) 유경이 김인준과 함께 최의를 없애고 정권을 왕실로 다시 갖고 갔으나 그 정방은 없애지 않고 왕실의 중요한 직임(職任)을 권문(權門)에서 사사로이 부르던 이름을 그대로 받아 썼으니 이는 매우 통탄할 문제이다.

덕릉(德陵) 초년[3]에 정방을 없애고, 문신을 뽑고, 무신을 선출하는 일들을 모두 선총부(選摠部)에서 하도록 하며, 수상과 아상(亞相)이 책임지고 관리하도록 하였으므로 이제 옛것을 회복할 수 있었다. 그렇지만 한둘의 나쁜 마음을 가진 신하들이 전형(銓衡)과 선고(選考) 등의 일에 익숙한 이들에게 다른 관직과 겸임시켜 계속하도록 하였으므로, 이에 완악(頑惡)하고 둔하며 몰염치한 자들과 경박하고 승진에만 급급한 자들이 기회를 틈타 잘못된 것을 본받아 왕을 속여 자신을 붕하게 했으니 옛 모습으로 만들려는 뜻을 한갓 형식만 꾸민 것으로 만들었으니 이 또한 탄식할 일이다. 이런 일이 의릉[4] 말년이 되어서는 날이 갈수록 더욱 심해 자니(紫泥)[5]로 봉한 것이 환관의 손에서 흔들리니 흑책정사(黑冊政事)[6]라는 비방이 부녀자와 어린애들의 입

---

3) 덕릉은 충선왕의 연호로, 충선왕 초년은 서기 1309년임.
4) 충숙왕을 말함.
5) 중요한 서류나 비밀 문서에 붉은 진흙으로 봉해 다른 사람이 떼어 볼 수 없게 했음.
6) 아이들이 두꺼운 종이에 먹칠을 하고 기름을 먹여서 글씨 연습을 하는 것을 흑책이라고 함. 의릉이 봉자산 이궁에 있을 때 병으로 사람 만나기를 꺼려 해서 안과 밖이 막혔음. 일을 맡은 자들이 비목에 내려오면 서로 다투어 지우고 뭉개어 달리 고쳐 놓으니 인주와 먹을 구분할 수 없기에 이르렀음. 이를 가리켜 그때 사람들이 흑책정사라고 했음.

28

에까지 오르내렸다.

《좌전(佐傳)》에 이르기를, "자기에게 이롭지 않게 법을 만들어도 그 폐단이 오히려 탐욕한 것인바, 탐욕의 정신으로 법을 만드면 그 폐해는 얼마나 크겠는가?" 하였는데, 그 말이 이를 두고 한 말인가?

고려 20대 신종 때에 무관인 기홍수와 차약송이 같이 평장사[1]가 되어 중서성(中書省)에서 만났다. 차약송이 기홍수에게 "공작이 잘 있느냐?"고 물으니, 기 또한 모란[牡丹]을 기르는 방법을 물었다. 그때 이를 들은 사람들은 평장사로서 만난 공식 석상에서 그런 하찮은 말을 하였다 하여 몹시 비웃었다.

국가에서는 도병마사(都兵馬使)를 설치하고, 시중·평장사·참지정사·정당문학·지문하성사를 판사(判事)로 삼고, 판추밀 이하를 사(使)로 봉하여 나라에 큰일이 있으면 의논하게 하였으니 합좌(合坐)라는 명칭으로 불렀다.

합좌에서의 예법(禮法)은 먼저 온 이가 자리를 떠서 북쪽을 향하여 서고, 뒤에 온 이가 그 자리를 따라 한 줄로 서서 읍한 다음 함께 좌석 앞에 이르러 남쪽을 향하여 두 번 절을 하고 곧 자리를 떠나 북쪽을 향해 엎드려 서로 안부를 묻게 된다. 그러고 나서 좌석의 앞에 와 남쪽을 향해 두 번 절하고, 자리를 떠나 북쪽을 향해 한 줄로 서서 읍한 다음에야 비로소 앉는다.

지첨의[2] 이상의 사람들이 도착하면 밀직(密直)은 모두 뜰에 내려가서 북쪽을 윗자리로 하고 동쪽을 향해 서며 머리를 숙이고 손을 낮게 내린다. 첨의는 그 위쪽에 서서 두 줄로 읍하고,

---

1) 고려 때 중서문하성의 정삼품 벼슬.
2) 고려 때 첨의부의 종이품 벼슬.

마루에 올라가 절하고, 읍하고 앉는 것을 앞에서 말한 예의와 같게 한다. 이미 첨의가 또 한 사람이 앉게 되면(비록 지첨의 이상의 직분인 사람이 도착하더라도) 밀직이 다시금 뜰에 내려가 맞는 예의는 없다. 다만 수상이 도착하면 아상 이하가 전부 뜰에 내려가서 북쪽이 상석(上席)이 되도록 동쪽으로 향하여 서서 그를 맞아들인다.

수상은 서쪽을 향해 마주 읍한 다음 마루에 올라가 절하고 읍하는 것은 또한 앞에서 말한 예의와 같다. 수상은 동쪽에 혼자서 앉는데, 이것을 곡좌(曲坐)[3]라고 하고, 아상 이하는 전부 한 줄로 앉는다. 수상이 정승[4]이 아니면 곡좌나 뜰에 맞는 예의도 하지 않는다. 녹사(錄事)가 의논할 것을 앞에 와 보고하면 각기 의사대로 그 가부(可否)를 말하게 된다. 녹사는 사람들 사이를 왔다갔다하여 모든 의견이 일치한 연후에 시행하도록 하는데, 이를 의합(議合)이라 이른다. 그 후는 단정하게 정좌하여 입을 열지 않으므로 그 모습은 의젓하고 엄숙하여 진실로 경건하고 두려운 마음을 갖게 된다.

지금은 첨의와 밀직을 늘리고 각각 상의(商議)하는 관리가 있다. 아상의 윗자리에 판삼사사가 앉고, 좌사와 우사는 평리(評理)의 윗자리와 아랫자리에 앉으며 무리를 지어 나아가고 떼를 지어 물러나면서 가끔 높은 소리로 이야기하고 크게 웃으며, 안방의 부부 간의 사사로운 일과 장터의 쌀값과 소금값의 이해 등 아주 하잖은 일까지 말하였다. 이것은 기홍수와 차약송의 공작·모란의 문답과 비교해 보았을 때 모두 한때의 엇비슷한 이

야기이다.

구제도에 2부(府)에서 과거 시험관인 지공거(知貢擧)가 되고 경(卿)·감(監)이 동지공거가 된다. 과거 시험일에는 동이 트기 전에 지공거는 남쪽을 향하여 북쪽 의자에 앉으며, 동지공거는 동쪽을 향해 서쪽 의자에 앉는다. 감찰은 임금의 명령을 받들어 남쪽의 조금 서쪽에서 동쪽을 윗자리로 하고 북향하여 앉고, 장교는 깃발을 들고 층계 아래에서 나누어 선다.

과거 응시자인 거자(擧子)들이 모두 모이면 즉시 문을 잠그고 공원리가 응시자의 이름을 하나하나 불러 문묘의 동쪽 행각과 서쪽 행각에 나누어 있게 하고, 동쪽과 서쪽에 나무를 세우고 시험 제목을 써서 그 위에 걸어 놓는다.

해가 한낮이 되면 승선이 금인(金印)을 받들고 온다. 동지공거가 승선을 뜰 가운데에서 영접하여 서로 읍하고 나아가면 지공거는 북쪽 벽 뒤로 자리를 옮긴다. 승선은 동지공거와 함께 마루로 올라가 두 번 절하고 서로 안부를 묻고 또 두 번 절한다.

지공거가 나와서 북쪽의 평상자리 위에 앉으면 지공거와 승선이 북향하여 두 번 절한다. 승선이 엎드려서 인사를 드리면 지공거는 그 앉은 자리에서 답례를 한다. 승선이 물러나와서 두 번 절하면 지공거도 두 번 절을 한 뒤에 서로 읍하고 앉는다. 승선은 동쪽 의자에 앉아서 서향하여 동지공거와 마주 앉는다.

아전이 응시자들이 써 낸 답안지를 들고 와서 승선에게 올리면 승선은 금인을 열고 시권(試卷)[1]에 도장을 찍는다. 내시가 황봉(黃封)한 선온(宣醞)[2]을 가져오면 지공거와 동지공거 그리

---

1) 답안지.
2) '황봉한 선온'이란 임금이 하사하신 술을 병에 담고 봉한 것을 말함.

고 승선은 하사한 술을 절하고 받아서 평상으로 나가 마시고 난 다음 또 절하여 사례한다. 승선이 돌아가면 동지공거가 뜰에 내려가 읍하고 보낸다. 삼장(三場)[3]을 모두 똑같게 한다.

고려 충렬왕 때의 문정공 김구가 지공거로 있을 적에 충정공(忠正公) 홍자번이 승선이었는데, 문에 선 채 지공거를 꾸짖으며 하는 말이, "아무개가 왕명을 받들어 금인을 갖고 왔으나 지공거가 뜰에 나와 맞이하지 않으므로 그는 감히 들어가지 못합니다." 하니, 문정공이 "승선이 재상에게 나아가고 재상은 앉아서 그를 맞는 법인데, 지금 오히려 일어서서 자리를 피하는 것 그 자체만으로도 예의에 어긋난다. 그런데 더구나 뜰에 내려가 맞이하여야 되느냐?"고 말하면서 종일 버티었지만 충정공이 "날이 곧 저물겠습니다."고 말하니 문정공이 마지못해 계단을 내려가되 한 층계는 남겨 놓고 다 내려가지 않았다. 충정이 그때야 들어갔다고 한다.

어떤 사람이 이에 대하여, "누구의 행동이 옳은가?"를 물었다. 나는, "문정공이 한 행동은 선왕의 정한 제도가 대신을 존경하고 있기 때문이고, 충정공이 행한 바는 임금을 높이고자 한 것이다. 그의 임금으로 하여금 선왕의 법을 따라 대신을 존경하게 하는 것도 또한 임금을 높이는 뜻이 아니겠는가?"라고 말하였다.

덕릉이 신(臣) 제현에게 이렇게 물으셨다.

"우리 태조 때에 거란이 낙타를 보내 왔는데, 다리 밑에 매어 두고는 꼴이나 콩깍지를 주지 않고 굶겨 죽였다. 그래서 그 다

---

3) 제1장, 제2장에서는 승선이 와서 도장이 찍힌 시권의 봉한 것을 열고, 시원에서 방을 내붙여 합격자를 발표하고, 제3장에서는 왕의 발 앞에서 방을 내보임.

리 이름을 그렇게 붙였다고 한다. 낙타는 비록 중국에서 나지 않지만 항상 기르고 있었으며, 그곳 임금들은 수십 마리의 낙타를 가지고 있다고 하더라도 그 폐해가 백성을 손상시키는 지경에는 이르지 않았다. 또한 받지 않고 물리쳤으면 되었을 텐데 왜 굶겨서 죽이기까지 하였을까?”

나는 이에 대답하기를,

“나라를 일으키시어 왕통(王統)을 후손에게 길이 전하는 임금은 보는 것이 매우 멀고, 생각하는 것이 매우 깊어 후세 사람들이 능히 미칠 수 없습니다. 또 하나 예를 들면 송나라의 태조는 궁궐 안에서 돼지를 기르도록 했는데 인종은 모든 돼지를 놓아 보내라고 하였습니다. 뒤에 요인(妖人)을 얻었을 때에 오히려 피를 얻을 곳이 없었다고 들었습니다. 그러니 송나라 태조의 생각이 또한 여기까지 미쳤던 것일까요? 이 또한 정론(定論)이 될 수가 없는데 어찌 송 태조의 돼지를 기르게 된 뜻이 피를 얻는 것보다 더 큰 이유가 없었음을 알겠습니까? 우리 태조가 그러한 명령을 한 까닭은 앞으로 있을지도 모를 간사한 오랑캐들의 꾀를 꺾으려고 한 것이거나, 아니면 후세 사람들의 사치심을 막으려고 한 것이거나 할 것인데, 이에는 반드시 미묘한 뜻이 있었을 것입니다. 이것을 전하께서는 공손히 또한 곰곰하게 그 이치를 생각하시며 힘써 행하여 몸소 본받을 것이요, 우매한 신하가 감히 경솔하게 논의할 바가 아닙니다.”

라고 했다. 또 신에게 묻기를

“우리나라는 옛날에는 모든 문물이 중국과 같다고 하더니 오늘날에 와서는 학자들이 전부 중국을 따라서 글귀나 익히므로 의당 사사로운 문장의 글귀만을 꾸미는 무리는 많아지고, 경서

(經書)에 밝고 덕행을 닦는 선비는 매우 적으니 도대체 그것은 무슨 까닭인가?"

라고 하셨다. 신이 대답하기를,

 "오래 전에 우리 태조가 어둡고 우매한 세상을 바로잡으려고 모든 힘을 기울였으나 학교를 세워 인재를 양성하는 일을 가장 먼저 하였습니다. 한번은 서도[1]에 몸소 나가셔서 마침내 수재(秀才) 정악을 박사로 명하여 삼고, 육부(六部)의 학생을 가르치게 하였습니다. 비단을 하사하시면서까지 이를 권장하고, 창고의 곡식을 나누어 주면서까지 이들을 양성하였으니 우리 태조의 마음쓰심이 이와 같이 간절하였음을 어찌 모르겠습니까? 광종 이후부터는 더욱 문교(文敎)를 닦아서 안으로는 국학(國學)을 세워 높이고, 지방에는 향교(鄕校)와 이상(里庠)과 당서(黨序)[2]를 많이 세우시어 거문고를 타며 글을 읽는 소리가 여기저기에서 들렸으며, 스승과 제자들이 함양하고 훈도(薰陶)하여 마치 칡뿌리가 얽히듯이 연결되어 초창(草創)하고 윤색하였으니 이런 것으로 보아 문화 제도가 중국의 그것과 같았다는 것은 지나친 말이 아니었습니다. 그러나 의종(毅宗) 말기에 무인들이 난리를 일으키어 문신들을 모두 없애 버렸으므로 향기로운 풀과 악취의 풀이 냄새를 같이 하고, 옥과 돌이 같이 나는 것처럼 되었습니다. 그런 중에도 몸이 호구(虎口)에서 벗어난 자는 깊은 산 속으로 달아나서 숨어 갓과 띠를 벗어 버리고 가사(袈裟)[3]를 입고 중과 같이 여생을 보냈으니 신준이나 오생 등과 같

---

1) 지금의 평양.

2) 당은 지금의 면과 같고, 상과 서는 초급·중급의 학교를 뜻함.

3) 중이 장삼 위에 왼쪽 어깨에서 오른쪽 겨드랑이 밑으로 걸쳐 입는 법복. 종파와 계급에 따라 그 빛깔과 형식이 구분됨.

은 자들이 바로 그렇습니다. 그 후에 국가에서는 점점 문교의 정치를 다시 사용하여 밝게 하니 선비들이 배우기를 원한다고 할지라도 도리어 따라서 배울 곳이 없었으니 발을 싸매고 멀리 가사를 입고 숨어 사는 자들을 깊은 산골짜기까지 찾아가서 그에게 글을 배우러 가야만 하였습니다. 그러고 보면 신준이 자기에게 글을 배운 이로 하여금 서울로 보내 과거에 응시하게 하는 시에 이런 글귀가 있습니다.

신릉공자[1]가 정병을 거느리고,
멀리 한단[2]으로 가 큰 이름을 세우매,
온 천하의 영웅들이 다 이를 본받아 따르고,
눈물을 흘리며 그를 보낸 늙은 후영[3] 가엾기도 하여라.

바로 이것이 그 증거가 되는 것입니다. 그러므로 신은 글을 배우는 자들이 중을 좇아서 글귀를 익히는 풍습의 근원이 바로 여기에서 시작되었다고 생각합니다. 바야흐로 전하께서 진실로 문교를 넓혀 지방의 학교들을 다시금 세우시고, 육예(六藝)를 존중히 여기옵고, 오교(五敎)를 밝혀서 선왕(先王)의 도를 더욱 밝게 하신다면 누가 참 선비를 배반하고 중을 좇으며, 실천의 학문을 버리고 글귀나 익히는 이가 있겠습니까? 장차 쓸데없는

---

1) 중국 전국 시대 위나라 소왕의 아들.
2) 중국 조나라 때의 서울.
3) 중국 전국 시대 위나라의 은사. 나이 70에 이문(夷門)의 산지기가 됨. 그의 객을 신릉군에게 추천하여, 조나라가 진(秦)나라에 포위되었을 때, 이를 치기를 두려워하는 위나라 장수 진비를 죽이게 하고 진나라를 쳐서 조나라를 구했음.

문구만을 다루는 이들이 모두 경서를 밝히고, 행실을 바르게 하
는 선비가 되는 것을 찾을 수 있을 것입니다."
라고 하였더니 왕이 말씀하시기를,
  "경의 말이 옳은 것 같도다."
하고 말씀하셨다.

고려 11대 문종은 왕위를 지낸 것이 38년이나 되었다. 나이가
많은 대신들을 임금은 총애하셨다. 이자연[4]이 나이가 많고 매
우 덕망이 있었으므로 편전(便殿)에 항상 불러들여 정사(政事)
를 논한 연후에는 술상을 차려 놓고 밤이 깊도록 밝은 등불 아
래에서 임금과 신하가 다 흰 눈썹과 센 머리로 머리를 맞대고
즐거움을 다하니 그 광경은 아름다운 그림과 같았다.
  충헌왕(忠憲王)은 옛날에 문인인 유승단에게 글을 배웠으며
50년이나 왕위에 있었다. 아마도 학문을 통하여 덕망을 쌓아 항
상 두렵고 어려운 그 자리를 이어왔으므로 백성들은 왕을 좋아
하고, 하늘이 그를 이어 주었을 것이다.
  충경왕(忠敬王)이 세자로 있었을 때 중국에 들어갔는데, 그때
중국 황제인 헌종이 남으로 정벌을 나가 조어산에 머물렀다. 세
자가 황제를 찾아나서는 길에 경조(京兆)의 여산을 지나게 되었
는데, 그곳의 원이 온천에서 목욕을 하고 가도록 청하였다. 세
자는 사양하면서 이곳은 당 명황이 옛적에 이미 입욕(入浴)한
곳인데, 비록 시대는 다르다 하지만 어찌 감히 더럽힐 수 있겠
느냐고 하니 듣는 사람들은 모두 그 예의가 밝음에 탄복하였다.

---

4) 고려 문종의 외척. 시호는 장화(章和). 딸 셋이 모두 문종의 비가 되었으며, 벼슬이 문하
   시중에 이르러 공신의 호를 받았음.

조금 후에 천자가 죽었다는 말을 듣고 곧 마차를 돌려 양초(梁楚)의 들판에서 세조를 만났는데, 세자가 연한 빛에 검정 비단의 두건을 쓰고 넓은 소매의 자줏빛 비단 도포 차림에 무소뿔로 만든 띠를 둘렀으며 상아로 만든 홀(笏)을 들고 앞으로 나아갔다 물러났다 하는 예의가 볼 만하였다. 세조는 놀라 기뻐하여 이렇게 말하였다.

"고려로부터 멀리 떨어진 나라로 당 태종이 몸소 정벌하였어도 굴복당하지 않았는데 지금 그 세자가 스스로 내게 돌아왔으니 이것은 오직 하느님의 뜻이다."

충렬왕(忠烈王)께서 세자였을 적에 학사 김구·이송진, 그리고 중 조영과 함께 시를 지어 《용루집(龍樓集)》을 만들었다.

왕위에 즉위한 후에도 날마다 문신 최옹 등에게 《자치통감(資治通鑑)》[1]을 진강(進講)하게끔 하니 수많은 신하들은 이에 감화되어 무부(武夫)와 환관들까지도 글을 못 읽고 시를 짓지 못하는 이가 없었다.

덕릉은 중국의 조정에 입시(入侍)하였을 때에 유명한 선비들로 하여금 고금의 일을 강론(講論)하며 온종일 즐거운 나날을 보냈다. 하·은·주 3대로부터 오계(五季)에 이르기까지의 모든 임금과 신하의 잘잘못과 정치의 바른 것과 어지러운 것들을

---

1) '치도(治道)에 자(資)하고 역대 위정자의 감(鑑)이 된다'는 뜻으로, 중국 북송의 사마광이 저술한 편년체의 역사책. 주나라 위열왕으로부터 후주 세종에 이르기까지 113왕 1362년 간의 역사상의 사실을 기술한 것으로, 후세 편년사의 전형이 됨. 모두 294권임.

2) 고대 북아시아에 살던 몽골 족과 퉁구스 족의 피가 섞인 유목 민족. 후한의 화제 때 몽골 지방을 차지하고, 위나라 때부터 차차 중국의 본토로 들어와서 삼국 시대에는 5호16국 중 여러 나라를 세웠음. 당·송나라 이후 한족에 동화되었음.

어제의 일처럼 자세히 얘기하였다.

원나라 인종 초에 선비족(鮮卑族)²⁾의 한 중이 말씀드리기를,

"황제의 스승 파사팔이 몽고의 글자를 만들었으며 또한 세상에 공적이 있으니 바라옵건대 모든 천하에 명령하여 고을과 나라에 그의 공적과 공자를 모시는 것과 견주게 하소서."

라고 말하였다. 인종은 대신과 여러 원조들에게 모여 의논하게 하더니 충선왕이 국공(國公) 양안보에게,

"공자는 온 천하의 임금의 스승으로서 그가 온 천하를 통해 향사(享祀)를 받는 것은 그의 덕 때문이지 공적 때문이라고 하지 않습니다. 지금 다만 글자를 만든 것만으로 그를 공자와 비교한다면 후세의 이론(異論)이 있을까 두렵습니다."

라고 말하였다.

일이 결국은 시행되었지만 충선왕의 말을 듣고 모든 사람들은 그를 훌륭하게 여겼다. 항상 보좌관이 《송사(宋史)》를 읽도록 하고 이를 단정히 앉아 듣다가 이항·왕단부·한기·범중엄·구양수·사마광 등 여러 명신의 전기(傳記)에 이르면 반드시 손으로 이마를 짚고 우러러 그리워하는 뜻을 나타냈고, 정위·채경·장돈 등 간신의 전기에 이르러서는 주먹을 불끈 쥐고 이를 갈지 않을 때가 없으니 그분이 어진 이를 좋아하고 악한 이를 미워하는 것은 아마도 하늘에서 타고난 성품일 것이다.

문정공 유경이 정이품 관직인 찬성사로 있다가 파면된 다음 문순공 원부가 찬성사로 있다가 옮겨서 판군부가 되었다.

그 뒤에 문정공이 판판도(判版圖)가 되어 다시 재상에 오르니 지위가 문순공보다 낮게 되었는데, 문순공이 말하기를,

"나는 유 공에게 문하생과 같은 자인데 어떻게 그의 윗자리
에 설 수 있겠습니까?"
하고 말하니 문정공이 이르기를,
"판군부는 옛날의 병부이고, 판판도는 옛날의 호부로 판병부
가 두 번째 재상이고 판호부는 세 번째 재상이 되는 것은 그 유
래가 매우 오래된 것인데 어찌 고칠 수가 있겠습니까?"
라고 물으며 두어 달 동안이나 서로 사양하였다. 충렬왕이 문경
공 허공에게 물으니,
"유경은 옛 제도를 말하고 원부의 말은 사사로운 은정에 지
나지 않습니다. 후배라 하여 선배에 양보하는 것은 예의이니 원
부의 말 또한 옳습니다. 이제 만일 유경에게 감수국사(監修國
史)를 시키면 문제는 해결되겠습니다."
하고 말하였다. 임금이 그에 따라 임명하니 문정공은 그때에 수
국사가 되어 있었기 때문이다.

우리나라가 중국에 대하여 사대(事大)한 뒤에 몽고 말을 잘
하는 사람이 벼슬에 오르는 일이 많아 재상까지 되는 경우도
있었다.
충정공 홍자번은, "사신으로 온 사람이 까다롭지 않고 고지
식하면 비록 아홉 번이나 통역을 되풀이하더라도 서로 일을 의
논할 수 있으나, 그렇지 못하다면 직접 자신이 말하고, 마주 보
고 질문하는 것은 스스로 궁지에 빠질 뿐이다."고 하였다.
일찍이 사자(使者)가 우리 여러 재상들과 자리를 같이 한 적
이 있었다. 고흥 부원군 유청신이 몽고 말을 알고 있었으므로
원나라의 사자와 몇 마디 말을 주고받더니 충정공이 통역관에

게 꾸짖어 말하기를,

"너는 어디에 가 있었기에 재상이 스스로 말하게 하느냐?"

고 하니 고흥 부원군이 부끄러워하며 얼굴을 붉혔다 한다. 나중에 고흥 부원군이 수상이 되었을 당시 빈객과 접촉할 때, 비록 술잔을 나누며 담소할 경우에도 반드시 통역하는 이를 사이에 두고 이야기하였다. 그래서 모인 사람들이 손님과 주인의 뜻을 충분히 알고 이에 알맞게 대접하였으니, 그것은 충정공의 말에 스스로 훈계되었기 때문이리라.

고려 충선왕 때의 중관(中官) 이대순은 교동 사람으로 원나라 황제 세조의 총애를 받고 있었다. 그때 충렬왕이 중국 조정에 들어갔더니 이대순이 세조에게 청하여 충렬왕이 그의 형 교위 공세(公世)로써 별장을 삼게 해주도록 청하였다.

이에 세조가 "벼슬이란 법으로 제정하는 바이고 그 나라에는 임금이 있거늘 짐(朕)이 어찌 관여하겠느냐."고 말하고, 이에 대관(大官) 연상존으로 하여금 술잔치를 베풀게 하고 그 자리에서 대순 자신이 직접 충렬왕에게 사뢰게 하였다.

대순의 청을 들은 충렬왕은 예로부터 교위가 산원(散員)을 뛰어넘어 별장에 제수되는 것은 전례가 없다고 말하니 대순이 다시는 감히 아뢰지 못하였다. 얼마 후에 세조의 뜻이었다는 말을 들은 뒤에야 비로소 그 벼슬을 내렸다.

강경룡이 집에서 제자들을 가르치더니, 고려 충렬왕 31년 그의 문도(門徒)들이 성균시(成均試)에 합격한 자가 10명이나 나왔다. 합격한 뒤에 경룡에게 와 뵈오니 벽제 소리가 밤새도록 끊이지 않았다.

종실(宗室) 익양후의 집이 그 근처에 있었다. 다음 날에 익양후가 들어가니 충렬왕이 민간의 일들을 물은즉 익양후가 그 일을 사뢰니, 임금께서는, "그 노인이 비록 벼슬은 하지 않았으나 문생(門生)을 가르치기를 게을리하지 않아서 제자들이 성취하도록 하였으니 어찌 나라에 도움됨이 적다고 하겠느냐."고 말씀하시고 칙령을 내려 아전을 시켜 그의 집에 곡식을 싣고 하사하도록 하였다.

전집 2

국초(國初)에 서신일(徐神逸)이 시골에 살고 있었는데, 한번은 몸에 화살이 꽂힌 사슴이 들어왔기에 그 화살을 뽑아 주고 숨겼는데, 사냥꾼이 왔으나 찾지 못하고 돌아갔다. 꿈에 한 신령님이 나타나 감사하여 하는 말이,

"사슴은 내 아들이다. 그대의 도움으로 죽지 않았으니 내 이를 고맙게 여겨 그대의 자손으로 하여금 대대로 재상이 되게 하리라."

라고 하였다. 신일의 나이가 80세가 되어서야 아들을 낳으니 필(弼)이라고 이름을 지었다.

필이 희(熙)를 낳고, 희가 눌(訥)을 낳았는데, 과연 계속 이어 태사가 되고, 내사령이 되었고, 묘정(廟庭)에 배향하였다.

근세에 있었던 일로 통해현에 거북처럼 생긴 큰 생물이 밀물을 타고 포구에 들어왔다가 썰물이 되어 떠가지 못하였다. 백성들이 그것을 죽이려 하니 현령 박세통이 죽이지 못하도록 금지시키고 큰 새끼와 두 척의 배를 만들어 끌고 가서 바다 속에 놓

아 주었다. 꿈에 늙은이가 나와서 절을 하며,

"내 아이가 낯을 가리지 않고 나가 놀다가 하마터면 가마솥에 삶겨져 목숨을 잃을 뻔하였는데 당신히 다행히 살려 주서서 음덕(陰德)이 큽니다. 그러니 당신과 아들과 손자 3대가 반드시 재상이 될 것입니다."

세통, 그리고 아들 홍무는 모두 재상의 지위에 올랐으나 손자 감은 상장군밖에 되지 않아 벼슬을 내놓고 물러나게 되니, 마음에 불만이 있어 시를 지어 말하기를,

거북아 거북아, 잠이 들어 정신을 놓지 말라.
3세 재상이 알고 보니 빈말뿐이로구나.

라고 하였더니, 이날 밤 거북이 꿈에 나타나서 말하기를,

"그대는 술과 여색에 스스로 빠져 그 복을 덜어 버린 것이지 내가 은덕을 잊은 것은 결코 아닙니다. 그러나 앞으로 한 가지 기쁜 일이 있을지니 잠깐만 기다리십시오."
라고 하였다. 며칠 뒤에 그 말대로 벼슬길에 다시 올라 재상이 되었다고 한다.

의종 말에 무장 정중부와 이의방 및 이고가 반란을 일으켜 임금을 거제로 옮기니, 조정의 신하들 중에는 화를 만난 사람들이 많았다. 또한 앞으로 그들의 가족을 모두 죽이려 음모하니 대장군인 진준이 말하되,

"우리들 모두가 미워하고 원망하던 자들은 한뇌와 이복기 등 네댓 명밖에 안 되는 지금 죄 없는 사람을 죽인 것이 이미 이렇

게나 많은데 어찌 그들의 처자까지 죽일 수가 있겠느냐."
하며 힘써 하지 못하도록 하였다. 그 뒤 4년에 김보당이 병사를
데리고 반란을 일으키려다가 실패하고, 숨어 있는 문사(文士)들
을 모두 찾아 죽이니 서울과 지방의 인심이 매우 소란하고 당장
목숨이 어떻게 될지 보장할 수 없었다.

낭장 김부가 정중부 및 이의방에게,

"하늘이 지니고 있는 뜻을 알 수 없고, 사람들의 마음을 예측
하지 못합니다. 자기의 힘만 믿고 의를 행하지 않으므로 선비들
이 모조리 없어지고 말았으니 어찌 김보당 같은 이가 세상에 또
없다고 할 수 있겠습니까? 아들이나 딸을 갖고 있는 우리들은
모두 문관들의 집안과 혼인을 해서 그들의 마음을 안정시켜 주
는 것이 오랫동안 지탱할 수 있는 길입니다."
하고 말하였으므로 사람들이 그 말을 들었다. 그렇게 한 뒤에야
그 화가 그친 것이다.

진준의 손자인 식과 화, 그리고 온이 모두 과거에 급제하여
식은 벼슬을 추밀사까지 하였고, 화와 온은 글을 잘하여 세상에
이름이 났다.

김부의 아들인 취려와 손자 전은 2대 모두 수상이 되었으며,
그 후 지금까지도 높은 벼슬을 한 사람들이 많았다.

문안공 유승단은 원나라의 많은 병사들이 우리나라로 침략해
와 경기 지방을 치게 할 때 진양공 최이가 여러 중신들을 모아
도읍을 강화로 옮기고자 의논하게 하니 그가 말하기를,

"사대(事大)란 당연한 도리입니다. 예의로써 큰 나라를 받들
고, 신의로써 사귄다면 저들 병사들이 무슨 명분으로 우리나라

를 침입하겠습니까? 성곽을 버리고 종묘사직을 버려둔 채 바다 건너 섬으로 도망가 비참하게 세월을 보내고 있을 때 온 지방의 백성들 중 젊은이들은 칼에 맞아 죽어가며, 늙은이나 아낙네는 붙잡혀 포로가 되거나 종이 되는 것은 나라를 위해서는 결코 좋은 방법이 아닙니다."
고 하였지만, 진양공은 듣지 않고 자기의 부하들과 함께 먼저 성남(城南)의 경천사에 머물렀다. 이 때 그를 따라갔던 자들은 차례를 가리지 않고 상을 주었다 한다.

고종이 어찌할 수 없어서 도읍을 강화로 옮겨 가니 수십년 동안에 북방의 주·군 들이 다 폐허가 되어 버리고 말았다.

이것은 식자(識者)들이 지금까지 한스럽게 여기고 있다.

합진찰랍이 대요수국의 금산 왕자를 토벌하려고 하니 동진국(東眞國) 임금 만노는 2만의 병사들을 데리고 완안자연(完顔子淵)을 장수로 하여 합세하도록 하였다.

고려에서는 장군의 부월(斧鉞)을 그에게 주고 문정공 조충과 위열공 김취려를 부장(副將)으로 하여 함께 공격하도록 하였다. 합진(哈眞)이 곧 병력과 식량을 요청하였으며, 서로 만나 볼것을 요청하므로 위열공이 먼저 그의 병영을 찾아가니 합진이 "병력을 같이 하여 적을 토벌하기를 원하면 응당 먼저 몽고 황제에게 요배(遙拜)한 후 동진 황제에게 절하라."
고 말하니, 위열공이 말하기를,

"하늘에는 두 개의 해가 없는 법이요, 백성에게는 두 임금이 없으니, 우리나라가 비록 작으나 천하에 어찌 두 황제의 신하가 될 수 있겠습니까?"
라고 하여 결코 만노에게는 절하지 않았다.

44

위열공의 신장은 일곱 자요, 수염의 길이가 매우 길어 배꼽
아래까지 되니 정장(正裝)을 할 때에는 반드시 두 계집종이 양
쪽에서 수염을 나누어 들게 한 뒤에 띠를 매었다. 이것을 보고
합진이 그의 용모를 위대하게 생각하였으며, 그의 언동이 기이
하여 형제의 의를 맺도록 하였다.

추밀 한광연은 집을 고치는 데에는 음양설(陰陽說)에 구애되
지 않았다. 그 동네 사람 꿈에 검은 의관을 입은 10여 명의 무리
가 구석에 서서 얼굴빛을 변하여 서로들 이렇게 말하였다.

"우리 주인 추밀공이 매번 집에 공사(工事)를 만들어 우리들
을 일을 시켜 편히 쉬지도 못하도록 하니 어쩌면 좋은가."

또한 말하기를 재화(災禍)가 내려지지 않는가 하고 못 해서
그러는 것이 아니라 그의 청렴을 무겁게 여기기 때문이라고 말
하였다. 옆에 있는 종에게 물은즉, '한공(韓公)의 집 토신(土神)
이다'라는 꿈을 꾸었다 한다.

장원(壯元) 유석이 안동의 수령이었을 적에 온 고을 사람들은
부모와 같이 경애(敬愛)하였으며 신명(神明)과 같이 그를 존경
하였다.

후에 성이 박씨인 수령이 있었는데, 자신이 이르기를, "백성
을 다스리는 것이 유석에게 지지 않는다."고 하였다.

성질이 근직(謹直)한 작은 아전이 있어 일찍이 홀로 군재(君
齋)에 앉아 있었는데, 그에게 묻기를, "땅 뒤의 지척이라도 울
타리와 담으로 막으면 들을 수도 볼 수도 없는 법인데, 더구나
마루 위 한 곳에 앉아 고을 안 사방 경내(境內)를 골고루 살피
려 하니 어찌 어렵지 않겠느냐? 현재 간사한 아전들이 법을 농

간하고 억울한 백성들이 원한을 삼키고 있는 이가 없는지 숨김
없이 모두 말하라."고 하니 아전은, "사또께서 오신 후로는 백성
이 아전을 볼 수 없고, 아전이 법을 농간하는지를 알지 못하며,
백성이 원한을 삼키고 있는 것도 듣지 못했습니다."고 하였다.

수령이, "백성들이 나와 유사군(庾使君)을 어찌 비교하더
냐?"고 묻자 아전은, "백성들이 유사군을 칭송하다가 생각이
나면 다시 사또를 호평하기도 한다."고 하니 수령이 부끄러워
하고 감복하였다고 한다.

지추(知樞) 손변렴이 경상도에 안찰사로 파견되어 있을 당시
누이와 서로 소송하는 이가 있었다.

동생이 누이에게 "딸과 아들이 같은 부모에게서 태어났는데
누님 혼자서만 유산을 차지하고 어찌 아들에게는 나누어 줄 수
없느냐?"고 하자, 누이는 "아버지 임종시에 모든 가산(家産)을
내게 주셨으나, 네게 주신 것은 검은 옷과 갓 하나씩과 마투리
한 켤레, 종이 한 묶음뿐으로 아버지가 쓰신 증서(證書)를 간직
하고 있으니 어찌 어길 수 있느냐?"고 하여 송사(訟事)는 몇 년
이 지나도록 판결이 나지 않았다.

공이 두 사람을 불러 앞에 놓고 부친 임종시의 모친의 행방을
물으니 그 이전에 이미 돌아가셨다고 대답하였다.

"너희는 각각 나이가 몇 살 때였느냐?"
하고 묻자 누이는 출가한 후이고 동생은 7, 8세쯤이었다는 대답
이었다. 이 말에 공이 타이르며 이렇게 말하였다.

"부모는 아들이나 딸을 똑같이 생각한다. 어찌 장성하여 출
가한 딸에게는 후하고, 어머니도 없는 어린 아들에게는 박하겠

느냐? 아마도 부모를 잃은 어린 아들이 의지할 곳은 누이뿐이
니, 만일 유산을 손위 누이와 똑같이 분배할 경우에는 혹시 누
이의 사랑함이 지극하지 않거나 동생을 키우는 데 있어서 온전
하지 못하지나 않을까를 염려한 것이다. 아들이 장성한 후에 이
종이로 소장(訴狀)을 작성하고, 검은빛 관을 쓰고, 검은 옷차림
에 미투리를 신고 관가에 고소하면 장차 이 일을 판단해 줄 사
람이 있을 것으로 생각함이니, 다만 그 네 가지 물건만을 남겨
준 것은 대체로 이러한 뜻이다.”

　누이와 동생은 이 말을 듣고 느끼어 깨달아 서로 마주보며 우
니, 공이 드디어 재산을 반씩 나누어 주었다.

　진양공의 서자인 선사(禪師)는 이름을 만전이라 하였으며 전
라도 진도의 한 절에 거주하고 있었다. 그의 부하들의 횡포와
방자함이 이루 말할 수 없었을 지경이었는데, 특히 통지(通知)
라고 불리는 자는 더욱 심하였다.

　고려 고종 때의 관리인 영헌공 김지대가 전라도 안찰사로 임
명되어 가서 만전을 만나고자 요청하였으나 다 묵살해 버리고
만나 주지 않았다. 그래서 공이 일찍이 그 절에 가니 만전은 무
시하고 나오지도 않았다. 공이 바로 마루 위에 오르니 거기에
거문고가 있었다. 곧 거문고를 들어 두어 번 타고 젓대를 가로
대고 부니, 음절이 매우 비장하였다.

　이 때 만전이 혼연히 나와서는 “마침 약간 몸이 아파서 공이
여기에 오신 것을 몰랐다.”고 하고 하루 종일 함께 즐겨 술을
마셨다. 그러고 나서 10여 가지 일을 부탁하니 공이 바로 그곳
에서 모든 것을 들어 주고, 몇 가지는 보류하면서, “이것은 응

당 진영에 가야 알 수 있으니 마땅히 통지를 보내어 서로 의논하자."고만 하였다.

공이 돌아간 며칠 후 과연 통지가 찾아왔으므로 공이 아전을 시켜 그를 묶게 하고 죄상을 엄히 문초한 다음 강물 속에 던져 버렸다.

진양공이 죽고 나서 만전이 이어 정권을 잡으니 곧 진평공 항이다. 비록 그가 전날의 유감을 영헌공에게 품고 있었으나 청렴 근신하여 잘못함이 적은 그를 해칠 수가 없었다.

문도공 유천우에게 보(甫)라 부르는 아우가 있었다.

고려 고종 때의 권신인 김인준을 없애고자 공에게 그 음모를 알려 도움을 바랐으나 공은 이에 호응하지 않았다. 얼마 후 일이 시작하기도 전에 알려져 실패로 돌아갔다.

인준이 알면서 알리지 않은 것은 분명히 그 음모에 가담한 것이라고 하니, 공은 사실을 알리면 스스로 죄를 면할 줄은 알았으나 노모의 마음을 아프게 하는 것이 두려워서 그랬다고 하였다. 인준이 말하기를,

"옛날에 내 아우의 집에서 음식을 대접하였을 때 홍시가 있어서 그 자리의 모든 객들이 그 맛이 좋다고 칭찬하였으나 공은 홀로 먹지 않았다. 그 까닭을 물었더니 가져다가 어머니에게 드리겠다고 말한 바가 있었는데, 나는 원래 공이 모친을 사랑하고 있음을 알고 있다."

하고 마침내 그 죄에 연루시키지 않았다.

고려 문정공 유경이 네 차례나 대제학을 맡아 일을 보고 있었

다. 그가 사람을 취할 때는 도량과 재주를 보고 식견이 있는 사람을 뽑고 나서, 그 다음에는 글의 잘되고 잘못됨을 살폈다. 그래서 그가 선택한 사람은 모두 유명해졌고 벼슬이 재상에 오른 이가 수없이 많았다.

찬성(贊成) 유천우가 일찍이 동지공거로 성품이 지나치게 형식적이어서 답안지에 조금의 흠만 보여도 반드시 물리치려고 하였으나 문정공은 이를 탓하지 않고 맡겼는데, 합격자들은 모두 시험장에서 늙은 사람들이었다. 그 후 그들 중 벼슬이 높은 자리에까지 오른 사람은 거의 없었다.

남쪽 지방에서 도적 노릇을 하던 이가당은 처음 산 속 깊은 곳의 도적들을 모아서 그 고을을 위협하고 약탈을 감행하더니 그들의 세력이 점점 강해지자 주·군 등에 격문(檄文)을 보내고 병사들을 이끌고 곧 그 뒤를 따르니 관리가 그들을 영접하여 음식을 대접하거나 숨어서 도망할 뿐 감히 그 세력을 막아 낼 자가 없었다.

고종 때의 장군 추밀 김경손이 순문사로 나주에 들어간 그 다음날에 도적의 무리가 쳐들어왔다.

공은 백성들로 하여금 성문을 닫고 성 안을 지키도록 지시한 후 자기는 성 밖에서 진을 치고 일산(日傘)을 받은 채 호상(胡牀)에 앉아서 도적들을 기다렸다. 도둑의 무리 중에 한 중이 있었는데, 용기와 사나움이 누구보다도 더하였다.

그 중은 무리들에게 장담하면서 자기가 능히 저 아름다운 젊은이를 사로잡아 어깨에 메고 올 수 있다고 하고 먼저 징을 쳐 휘파람을 불며 힘차게 뛰어왔다.

함양 출신 박신유가 나가서 서로 마주 싸우는데, 칼이 서로 맞부딪친 채 먼저 벨 수가 없었으나 박신유가 그를 발길로 차서 넘어뜨리고 곧 그 머리를 베어 버리자 적들이 놀라 도망갔다. 관군(官軍)들은 기회를 놓치지 않고 수십 리를 추격하여 무찔러 마침내 평정하였다.

위득유 및 노진의가 한희유와 더불어 공에 대하여 다투다 원수(元帥)인 수상 김방경에게 고소(告訴)를 하게 되었다.

김 공은 위득유와 노진의 두 사람이 옳지 않다고 판결을 내렸는데, 이것을 마음에 두고 있다가 공이 한희유와 함께 큰일을 음모하여 거사하려 한다고 무고하니, 다루가치인 흔두(忻豆)는 김 공을 구속하고 중국 원나라 조정에 보고하였다.

몽고에 귀화한 홍다구(洪茶丘)가 황제의 명령으로 충렬왕과 함께 신국(訊鞫)하기를 요청하였다.

김 공(金公)이, "우리 고려는 원나라를 하늘처럼 떠받들고 어버이처럼 경애하는데 어찌 하늘을 배반하고 어버이를 거스려 멸망할 화를 취할 수 있겠는가?" 하였지만, 다구가 반드시 죄를 자백받고자 처참하고 악독한 형벌을 가하니 성한 몸이 한 곳도 없고 기절하였다가 살아나기를 여러 번이나 하였다.

충렬왕 경릉이 차마 볼 수 없어 김 공에게, "비록 자백한다 할지라도 천자는 어질고 거룩하니 장차 거짓과 모든 실정을 밝혀서 죽게 내버려두지는 않을 터인즉 어찌 고통을 이처럼 스스로 당하고 있느냐?"고 하니, 공은 "졸병의 행오(行伍) 속에서부터 몸을 일으켜 지위가 재상에까지 이르렀는데, 간이나 뇌를 꺼내어 땅에 던져 버릴지라도 나라에 보답하기에는 모자랄 것인즉 어찌 내 몸 사랑한다 하여 거짓으로 자복(自服)하고 이 나라를 저버리겠습니까?" 하고 다구에게는, "죽이려면 마음대로 죽이되 나는 불의에는 결코 굴복하지 않을 것이다."고 하였다.

황제의 조서(詔書)가 있어서 김 공과 위·노 세 사람이 중국으로 불려가게 되었는데, 위득유는 혀가 타 중로(中路)에서 죽었으며, 노진의는 도성에 도착하였지만 병들어 죽으니 사람들이 천벌을 받았다고 하였다.

충정공 홍자번이 아상(亞相)이 되어 큰일을 논할 때마다 반드시 수상인 문경공 허공과 의견이 달라 다투니 어느 때는 문경공이 참고 충정공 의견에 따랐다.

일찍이 양제(兩制)가 엮은 사(詞)·소(疏)를 열람할 때 충정공이 그 잘못됨을 오랫동안 낱낱이 지적하였다.

여러 관리들이 결재 서류를 가지고 문전에 엎드려 기다리고 있으니 문경공이 문첩녹사에게, "고양이는 쥐만 잘 잡으면 된다."고 하니 이것은 곧 충정공을 비웃어 글 짓는 일은 그의 임무가 아니라는 것을 알리는 말이었다.

이에 충정공이 몹시 화를 내고 하던 일을 그치니 그로 인하여 사람들은 두 사람 사이가 서로 좋지 못하다고 하였다. 그러나 문경공이 죽었을 때 충정공이 이렇게 말하였다.

"그는 근신하고 정직하며, 아는 것을 말하지 않는 것이 없었다. 세상에 어찌 허 공 같은 이가 또 있겠는가?"

충정공이 수상이 되고, 조 공 인규가 아상이 되었으며, 염 공 승익이 그 다음 자리가 되었다.

염 공은 방술(方術)이 좋아 양궁(兩宮)에게 사랑을 얻어 항상 대궐 안에 있었으며 도당(都堂)에 나오는 일이 매우 드물었다. 어느 날 충정공이 일어나 먼저 나간 후 조 공이 염 공에게,

"백성들이 홍 공은 유능한 재상이라 명하고, 나를 늙은 통역이라 이름지었으며, 공을 늙은 주술사(呪術師)라고 합니다. 우리들은 유능한 재상으로 인정받지 못하니 다만 아침에 나와 저녁까지 도당이나 부지런히 지켜야 되겠습니다."

하고 말하니 염 공은 그날로 자원하여 사면(辭免)하였다.

대녕 부원군으로 최유엄이 임명되었는데, 대덕 말년에 왕유소 등 여러 사람이 세자를 폐하려는 음모를 꾸며 경릉을 의혹하게 하고 장차 중국의 천자의 힘을 빌어서 서흥후로 하여금 뒤를 잇게 하려고 하자 공이 나아가,

"전하께서는 경령전을 생각하셔야 합니다. 태조와 친묘(親廟)의 초상화가 실로 여기에 모셔져 있을 때 전하께서 일찍이 그 제사를 거행하셨습니다. 만일 서흥후란 자가 세자로 다시 책봉된다면 그가 왕위에 오른 후에는 틀림없이 그의 조부와 아버지인 두 후(侯)를 왕으로 추존(追尊)하고 그 신주가 경령전에 입묘(入廟)하게 된다면 고종과 원종의 신주는 밖으로 옮기지 않을 수 없습니다. 고종 임금과 원종 임금은 모두 신이 몸소 섬긴 임금이오니, 지금 신은 비록 늙었으나 차마 저버릴 수 없는 일입니다."

하고 말하니 경릉이 오래도록 슬퍼하는 빛이 얼굴에 나타나 있었다. 유소 등이 비로소 깨닫고 스스로 두려워하였다.

고려 고종 때의 권신인 임연이 임금을 폐위시키고 세우는 일

을 마음대로 행하면서 원종을 서궁(西宮)에 있도록 하였으며, 또 세자가 우리 고려로 돌아온다는 소문을 듣고 군사를 보내 압록강에 주둔시켰다가 장차 세자를 위협하려 하므로 의주에 사는 정오보가 밤에 건너 이러한 변을 알리니 세자는 다시 중국 조정으로 돌아가서 이 사실을 천자에게 보고하였다.

천자가 사자로 하여금 그를 꾸짖어 말하기를,

"너희 여러 신하들이 중국 조정에 주청하지 아니하고 제멋대로 왕을 폐위하고 세우기를 자행한다는 소문이니 예로부터 지금까지 어찌 이런 일이 있겠는가?"

하고 바로 조서를 내려 왕을 복위하도록 하고 중국에 입조하라고 하니, 임연은 근심하고 무서워하다가 등창이 나서 죽었다.

왕이 중국에 입조하니 황제가 독련가에게 명령하여 수천의 기마병을 주면서 왕과 세자를 호위하게 하였다. 행차가 송경(松京)에 다다르니, 임연의 아들인 유무가 강도 부근에서 왕명을 거역하고 군사를 거느리고 있었다.

이 때 남양 부원군 홍규가 유무의 매부로 중승(中丞)이 되어 있었는데 유무는 그를 심복으로 믿고 있었다.

왕이 이빈성을 보내어 홍 공에게 부탁하기를,

"경은 여러 대를 대대로 나라의 녹을 먹은 집안 사람이니, 의리 있게 사세를 판단하고 사직(社稷)을 지키도록 해야 하며, 또한 선조들께 욕이 되지 않도록 하시오."

하니, 공이 두 번 절하고 이빈성에게 말하기를,

"명일 나를 고을 문 밖에서 기다리시오."

라고 하였다.

그날 상장군 송송례와 함께 의논하여 송의 두 아들 염과 빈이 모두 위사장이 되어 홍규와 함께 병졸을 이끌고 유무의 집으로 진격하였다. 유무가 누가 변을 일으켰느냐고 묻는 말에 홍중승이라고 말하니, 유무는 그만 담이 떨어질 만큼 몹시 놀랐다. 이빈성이 약속한 다음 날 가 보니 이미 유무는 죽어 있었다.

유무가 이미 죽으니 삼별초(三別抄)[1]가 이를 의심하고 두려운 마음으로 딴 생각을 가져 선비와 백성들을 협박하며 부녀자들을 약탈하여 배를 타고 남쪽으로 건너가 진도에서 성을 쌓고 배반하여 승화후 온(溫)을 왕으로 추대하고 관부(官府)를 설치하였다.

정문감은 문진 이장용의 제자로서 과거의 갑과를 제2위로 급제하였다. 그에게 승선을 삼고 권력을 갖도록 하니 문감은,

"가짜 조정에서 부귀를 누리느니 차라리 죽어서 몸을 깨끗이 지키는 것이 낫지 않겠는가?"

라고 말하고 곧 자살하였다.

현문혁은 어려서부더 말 타고 활쏘기에 뛰어났으며 삼별초의 우두머리가 되었다. 처자를 데리고 작은 배로 도망하여 돌아오려 할 때 적이 뒤쫓아와 활을 쏘아 그의 팔을 관통시켜 배 안에 쓰러졌다.

그의 아내는 인간의 도리로 어찌 쥐도둑놈들에게 능욕을 당할 수 있겠느냐고 말하고, 그의 딸을 안고 물에 뛰어들어 죽었다. 이로써 현 공은 아들과 함께 겨우 죽음을 면하게 되었다.

---

1) 권신이 용맹스럽고 사나운 무사들을 모집하여 양성해서 자위병을 삼았는데, 신의군과 마별초 · 야별초라 하는 것이 있었음. 이것을 삼별초라고 함.

고려 충렬왕 때의 문신 문절공 주열은 용모가 추했고 코는 익어 귤과 같았다. 제국대장의 딸 안평 공주[1]가 처음 왔을 때에 궁전에서는 여러 신하들이 모여 잔치를 베풀었다. 주 공이 일어나서 헌수(獻壽)하니 공주가 왕에게 말하기를,

"왜 갑자기 늙고 미운 귀신을 앞에 오게 합니까?"

라고 하였다. 왕이 말하기를,

"용모는 귀신과 같지만 마음은 물과 같이 맑다."

고 하니 공주가 얼굴빛을 고치고 예로써 대접하였다.

허문경공이 어렸을 적에는 항상 종 하나를 거느리고 다니면서 굴러다니는 해골을 덮어 주고, 새와 짐승의 뼈를 묻어 주는 일을 하지 않은 날이 없었다.

시체가 버려져 있는 것을 보면 자기가 운반하여 매장해 주었다. 그가 세수할 적에는 겨우 일작(一勺) 정도의 물만 사용하였는데, 존귀하게 된 뒤에도 항상 전과 똑같이 하였다.

홍문정공은 매일 저녁이면 목욕을 하고 관대(冠帶)를 구비하고 하늘의 별에게 절하였다. 비록 중국과 통교하는 조빙(朝聘)[2]이나 여러 토목 사업 등 행역(行役)으로 매우 급한 때에도 결코 그 일을 그만둔 일이 없었다.

설문경이란 자는 공정하고 검소하며 청렴하고 근신하여 예(禮)를 좋아하였다.

---

1) 중국 원나라의 공주로, 고려에 시집왔음.
2) 옛날 중국과 통교하는 것을 일컫는 말.

조정 관리 중에서 육품 이상이면 그 부모의 상(喪)을 당하였을 때에 공이 반드시 소복(素服)을 하고 가서 조상(弔喪)하였다.

고향의 후배인 젊은 사람들이 방문할 때에도 또한 의관을 갖추고 섬돌 밑까지 내려가서 영접하였다. 공(公)이 병들어 누웠을 때 중암 채홍철이 안채에 들어가 진찰해 보니 베 이불이 찢어지고 자리가 중이 거처하는 방처럼 쓸쓸하였다.

중암이 이를 보고 나와 탄복하며 이렇게 말하였다.

"나 같은 무리와 공을 비교해 볼 때 마치 흙벌레와 황학(黃鶴)과 같다."

나라에서 배덕한 탐라를 정복하고 동쪽의 왜에게 죄를 물으며, 충렬왕 13년인 정해년(丁亥年)의 근왕과 동왕 16년인 경인년(庚寅年)의 도둑을 막는 일들로 인해 군사를 동원하는 것이 거의 20년이나 되었다.

선비들은 모두 갑옷을 입고 투구를 쓰고 활과 창을 잡았으며 책을 들고 글을 읽는 자들은 열 사람 중에서 한두 사람도 안 되었다. 그러므로 선배(先輩)나 늙은 선비들은 모두 죽어 가고 육적(六籍)이 겨우 전해져 이어질 뿐이었다.

대덕 말년에 문성공 안향이 재상이 되어 국학(國學)을 다시 짓고, 상서(庠序)를 고쳐서 이성·추적·최원충 등 여러 선비들을 써서 한 경서(經書)에 두 교수(敎授)를 두고 대궐 안에 있는 학교를 개방하여 내시·오군(五軍)·삼관(三官)의 칠품 이하나 국자감의 생원까지도 모두 따라서 배우고 듣게 하였다.

또 죽은 낭중 유함의 아들이 중이 되어 사주(泗州)에 있었는데, 《사기(史記)》와 《한서(漢書)》를 잘 읽는다는 소문을 들은 후 역전을 보내 서울로 오게 하였으며 윤신걸과 김승인, 그리고 서인과 김원식 · 박이 등을 보내 그의 가르침을 받도록 하였다.

따라서 선비와 지위가 높은 관리들이 《서경(書經)》에 능통하게 되고, 옛일을 널리 알게 되는 사람들이 많이 생겼다.

그 후에 이재 백이정이 충선왕을 따라가 중국의 서울에서 10년 간이나 정자와 주자의 성리학에 관한 책을 공부하여 많이 얻어 가지고 돌아왔으며, 내 장인인 정승 국재 권공이 《사서집주(四書集註)》를 얻어 판을 새겨 널리 그것을 전하니 배우는 자들이 다시 한 번 도학(道學)이 있음을 깨닫게 되었다.

신효사(神孝寺)의 당두(堂頭)인 정문은 일찍이 나이가 80세였는데, 《논어(論語)》 · 《맹자(孟子)》 · 《시경(詩經)》 · 《서경》을 잘 설명하였다. 그는 말하기를 자기가 유학자 안사준에게서 배웠다고 말하였다.

옛날에 한 선비가 송나라에 갔다가 왕형공이 벼슬을 물러나 금릉에 산다는 것을 안 후 가서 그를 따라 《모시(毛詩)》와 《칠전(七傳)》을 배우고 돌아왔다. 고로 《시경》은 왕씨의 뜻을 모두 전용하였으며, 《논어》 · 《맹자》 · 《서경》의 강설(講說)은 《주자장구(朱子章句)》와 《제씨전(諸氏傳)》을 합한 것이었다. 그때는 《주자장구》나 《제씨전》 두 책은 모두 고려에 들어오지 않았기 때문에 사준이 그 뜻을 어디서 배웠는지 알 수가 없다.

밀직 안전이 승지가 되었을 때 충렬왕이 한 환관에게 참관(參官) 벼슬을 주고자 하니, 공이 옳지 않다고 고집하였다.

어느 날 임금이 안 공에게 이르기를, "그 사람이 나를 보좌하여 부지런히 복무한 지가 매우 오랜 세월이 되었으니 경은 나를 보아 안 되더라도 육품 벼슬을 주도록 하라."고 하고, 임금 앞에서 발령장을 쓰도록 명하니, 공이 하는 수 없이 정육품 관직인 낭장 벼슬로 추천하였다. 그 후에 땅에 엎드려 요청하기를,

"신은 재능이 없는 몸입니다. 전하를 모시며 제품전주(題品銓注)하는 일을 못나고 어리석은 신과 같은 사람이 어찌 맡을 수 있겠습니까? 바라옵건대 어진 사람을 택하여 이 일을 대신 맡게 하소서."

라고 말하는데, 그 말이 매우 간절하였다. 임금이 모두 받아들이신 연후에 일어나 궁전 안으로 들어가니, 공은 그 뒤를 따라가서 무릎을 꿇어 말하기를,

"바라옵건대 또한 아뢸 말씀이 있습니다. 내일 신은 곧 자리를 물러날 것이오니, 그 내시에게 참관 벼슬을 주도록 하신 분부만은 보류하시고 후일을 기다리게 하옵소서."

라고 하였다. 임금의 발자취가 이미 문지방을 지난 때라 돌아보며 큰 음성으로 좋다고 하였다. 공의 말에 옆에 있던 신하들이 모두 두려워할 때 공은 천천히 자리로 돌아와서 이르기를 "전하께서 신의 의견을 윤허하셨다."고 말하며 마침내 썼던 것을 지워 버렸다.

밀직 최수황은 부처님을 매우 독실히 섬겼다.

승지로 동지공거가 되어 축하객들에게 큰 잔치를 베풀었을 때에도 고기를 쓰지 않고 간소하게 차리곤 하였다.

왕지별감(王旨別監)인 임정기가 좋은 쌀을 한 척의 배에 실어

보냈으나 최공은 받지 않았다. 임이 이에 부끄러워하고 노여워서 그 쌀 한 배를 높은 벼슬에 권세가 강한 사람에게 뇌물로 바쳐 최공을 대신하여 승지에 오르니 당시의 사람들이 그를 보고 나쁘게 생각하였다.

어느 권력 있는 가정에서 양민(良民)을 데려다 억지로 종을 삼으니, 그 양민이 전법사(典法司)에 소송을 하였다.

지전법사사(知典法司事) 김서나 그 무리들은 백성들의 억울한 사정을 알면서도 권력가의 세도가 무서워 권력 있는 집에 이롭도록 판단을 내렸는데, 뒤에 꿈을 꾸니 날카로운 칼날이 하늘에서 떨어져 전법사의 관리들을 모조리 내리찍었다.

그런 꿈을 꾼 이튿날에 김은 등창이 나 죽었으며 그의 동료들도 한 달을 넘기지 못하고 다 죽었다. 그중 오직 한 사람[1]만이 살아남았는데, 그 사건의 논의에 가담하지 않았던 사람이었다.

둔촌 김상훤이 김해에서 원님으로 있을 때 밀성 사람들이 밀성 원님을 죽이고 반란을 일으켰다.

안렴사 이숙진이 감로사로 임명되었으므로 김 공이 그를 맞이하고 성중(城中)에 이르니 밀성 고을 사람들이 밤에 안렴사를 찾으러 왔다가 잡지 못하고 돌아갔다. 반란자들이 '개국병마사'라고 외치며 군현에 통첩을 전하니 바람 앞에 풀이 쓰러지듯 꼼짝할 수가 없었다.

김 공이 경주 판관 엄수안을 부르니 그가 도착하였을 때에 병사들의 대오(隊伍)를 바로잡으며 숙진과 힘을 합쳐 적을 토벌할

---

1) 치암이 말하기를, "그 한 사람은 상서 이행검이었다."고 함.

계획을 세우니 숙진은 겁을 내고 택일하는 중을 불러다가 이로운 때와 방위를 묻는 등 쓸데없이 시간만 끌고 있었다. 공이 손수 칼을 휘둘러 그 중을 치니 얼굴이 피투성이가 되어 도망가 버렸다.

숙진이 이를 두려워하고 공의 의견을 따르려 하니 적들이 그 소문을 듣고 스스로 괴수(魁首)를 배반하여 목을 베어 가지고 와서 항복하였다.

원나라 태조의 막내동생인 내안(乃顔)의 한 무리인 합단(合丹)이 그물을 빠져 동쪽으로 달아나 고려의 국경을 침범하니 그 무리가 수만 명에 이르렀다. 사람을 죽여서는 양식으로 하고, 부녀자를 붙잡으면 정조를 빼앗은 후 죽여 포육(脯肉)을 만들었다. 고려에서는 만호 정수기를 보내 철령에서 막도록 하였으나 합단이 채 오기도 전에 수기가 도망해 돌아왔다.

철령은 길이 매우 험하고 좁기 때문에 한 사람밖에 지나갈 수 없으므로 합단은 말에서 내려 생선을 꿴 것처럼 하여 올라와서 수기가 버리고 간 물자와 양곡으로 며칠 동안 마음껏 먹고 북을 두드리며 앞으로 행진해 왔다.

원주의 수장(守將)이 여러 사람들과 모여 어찌할 바를 의논하며 "우리의 힘이 적을 도저히 당해 낼 재간이 없으니 항복하여 백성들의 죽음을 덜어 주는 것이 차라리 낫다."고 말하였다.

고을 사람 중에 진사(進士) 원충갑만이 그것을 옳지 않다고 하고, 갑성문 밖에 앉았는데, 적이 한 중을 보내 와 항복을 하도록 권유하는 통첩을 가져왔다. 이 때 충갑이 중의 목을 베어 그 머리를 던지자 적의 무리들이 떼를 지어 몰려왔다. 충갑이 손을 들어 두어 사람을 쳐서 죽이니, 고을의 군사들도 모두 나와서 싸웠다.

판흥원창(判興元倉) 조신이 북채를 잡고 북을 치는데, 화살이 그의 오른쪽 팔뚝을 꿰뚫고 지났으나 북치는 소리는 약해지지 않았다. 적병들 중 전진(前陣)이 조금 달아나니 뒤따르는 놈들 또한 놀라 겁이 나서 저희들끼리 서로 짓밟고 부딪치며 먼저 달아나려 하였다.

고을의 군사들은 지대가 높은 것을 이용하여 그들을 무너뜨리니, 소리는 산을 진동시키고 죽은 시체는 골짜기를 메웠으며, 고을 사람들은 큰 승리를 거두었다.

합단의 아들인 노적이 군사를 이끌고 죽전(竹田)을 지나서 평양으로 도망하였다. 만호(萬戶) 나유 등이 이것을 막아 싸우다가 끝까지 추격하여 배를 버리고 육지에 오르려 하니 현문혁이 말리기를,

"저기에 높은 언덕과 낮은 골짜기가 둘러져 휑하게 비어 있으니, 아마 복병이 있지 않을까 두렵습니다."
고 하였으나 나 공이 이를 듣지 않고 육지에 올라 미처 대열을 갖추기도 전에 많은 적의 무리가 공격해 왔다.

나 공은 군사를 이끌고 후퇴하여 겨우 배에 오를 수 있었지만 낭장 이무와 군사 수십 명은 미처 배에 오르지 못했다.

현 공이 배 위에 올라 큰 소리로 외치기를,

"힘껏 싸워라, 이무야! 신통한 공을 세울 수만 있다면 나라에서는 필경 포상이 있을 것이다. 어찌 적의 포로가 되어 처자까지 욕을 당하게 하겠는가?"
라고 하였다.

　이무가 군사 수십 명을 이끌고 독산으로 도망치자 적장이 그들을 우습게 보고, 말에서 내려 호상에 앉은 채로 그의 군사들을 둘로 나누어 산을 포위해 공격을 하게 하니 화살이 위에서 비 오듯 날아와 떨어졌다. 이무가 나무 사이에 숨어서 내려다보고 있으려니 날은 저물고 배가 몹시 고파 주머니 속의 말린 밥을 더듬어 찾아서 씹으며 그의 군사들에게 "사내대장부란 마땅히 죽음 속에서 살길을 찾아야 하는 것이니 결코 두려워하지 말라."고 하고, 활에 살을 먹여서 적장을 향해 내리쏘아 그의 목을 바로 맞히니 활 시위 소리가 나자마자 적장은 쓰러지고 말았다. 많은 적들은 이리저리 뛰며 주위가 매우 어지러워졌을 때 이무 등이 큰 소리로 고함을 치며 추격하여 굉장히 많은 머리를 베었다.

　경인년과 계사년[1]의 무신의 난 이후로 재상에 무인이 많았다. 이의민이 무장인 두경승과 함께 중서성에 앉았을 때 이의민이 두경승에게 자랑하기를,

　"어떤 자가 자기의 힘을 내게 자랑하기에 내가 한 번에 쳐 눕히기를 이처럼 하였소."
라고 하며 주먹으로 기둥을 치니 서까래가 모두 흔들렸다. 두경승이 대답하기를,

　"어느 때의 일인데, 나는 빈 주먹으로 후려치니 모였던 사람들이 모두 흩어져 도망치고 말았소."
하고 또 주먹으로 한 번 치니 주먹이 벽을 뚫고 빠져 나갔다.

---

1) 경인년은 고려 의종 24년, 즉 1290년이고, 계사년은 명종 4년, 즉 1293년임.

그때 그곳에 있던 이가 시를 지어 이르기를,

　나는 이와 두를 두려워한다네,
　홀연히 솟은 그들은 참 재상이로세.
　황각(黃閣)에 벼슬은 3, 4년뿐이지만,
　강한 주먹의 힘은 만고에 떨치리.

라고 하였다.

　시중(侍中) 이연수가 나라 정치를 맡고 있을 때 고종이 불교 의식인 연수신왕도량(延壽神王道場)을 시행하고자 하므로 의정부에 분부하여 그 비용을 지출하게 하였다.

　그곳 관리가 가만히 말하기를 "다만 신왕도량이라고 칭할 뿐 시중 이름인 연수라는 말은 쓰지 말자."고 하였다. 그러나 공은, "그려면 거행하려는 도량(道場)의 이름을 무엇이라고 칭하느냐?"고 물으니 관리는 그전에 생각한 것을 잊어버리고 얼떨결에, "이연수 신왕도량이라고 한다."고 하였다. 이 공이 말하기를 "도량에 성(姓)이 있느냐?"고 하였다.

　경릉왕 때에 홍훤을 사도(司徒)로 하니 찬성(贊成) 민훤이 녹사(錄事) 육희지에게, "새로 부임해 온 사도의 이름은 어떤 글자이냐?"고 물었다. 희지는 평생을 녹사 벼슬로 늙었는데, 그는 자신이 어느 경우에나 사람을 응대하는 일에는 능숙하다고 장담하는 사람이었다.

　그가 대답하기를 민훤의 훤(喧) 자라고 한즉, 듣는 이들은 이가 시릴 정도로 웃었다.

문순공 원부가 일찍이 나와 집에 한가롭게 있을 때에 문하생 네댓 사람이 인사를 하러 왔다. 자리에 앉으라 하고 함께 이야기하며, "내가 분에 넘친 위치에서 국정을 맡은 이들의 우두머리가 되었지만, 재능이 이에 미치지 못하니 세상의 여론은 어떠냐?"고 물었다.

모여 앉은 이들이 감히 말을 하지 못하는데, 학사 방우선이 아랫자리에 앉아서 하는 말이, "사람들은 이른바 공의 정치하는 것이 공의 성과 같다고 말한다."고 하니, 문순공이 큰 소리로 웃으며, "나는 내 성을 따라 둥글게 처신하며 여기에 되돌아왔다마는 너는 네 성에 따라 모로만 가면 앞으로 어디까지 가려 하느냐?"고 하였다.

사공 최온이 하천단·이순목과 함께 같이 어명을 내리는 기관인 고원(誥院)에 있었다. 하(河)나 이(李)는 모두 문장을 잘하여 이름이 났지만 최 공은 자기의 문벌을 자랑삼아 그들을 매우 가볍게 대접하였는데, 그들 또한 최 공에게 굽히지 않았다.

한번은 이웃 나라에서 힐문해 온 문서에 답장해 보라는 임금의 명령이 있었다. 최 공이 붓을 잡아 애써 글을 지으려고 머리를 짜냈으나 뜻대로 되지 않아 붓을 던지며, "이것이 조그만 시골구석의 가난한 무리들이 제 잘난 체하는 까닭이란 말이냐?"고 하며 꾸짖어 말하였다.

상서(尚書) 박유는 항상 이렇게 말하였다.

"동방은 목(木)에 속하며, 목의 생수(生數)는 3이고, 성수(成數)는 8이다. 기수(畸數) 곧 생수는 양(陽)이고, 우수(偶數) 곧 성수는 음(陰)이다. 고려에 남자가 적고 여자가 많은 것은 바로 이러한 이치 때문이다. 나라의 법은 비록 높은 자리의 벼슬아치라도 감히 두 아내를 거느릴 수 없게 되어 있다. 그런 까닭에 부녀자들은 가끔 백발이 되도록 시집을 가지 못한 이도 있고, 양반의 집 후손들이 실낱처럼 겨우 이어가고 군사들과 백성들의 호구(戶口)가 날이 갈수록 줄어드는 것이다."

그리고는 마침내 임금께 이러한 글을 올렸다.

"모든 신하들에게 계집 첩을 두게 하고, 벼슬 품계와 지위에 따라 낮을수록 그 수를 줄여 서민에 이르러서는 아내 한 사람과 첩 한 사람을 갖도록 항구적인 제도를 국가에서 정하는 것이 여인들의 원을 풀고 백성들을 번성하게 하는 길입니다."

라고 하였다. 이 말에 부녀자들은 귀천의 구별 없이 모두 화를 내고 두려워하였다. 마침 관등일(觀燈日)에 박 공이 임금의 거둥을 모시고 뒷줄에 나타나니 한 늙은 할멈이 그를 알아보고 "계집 첩을 둘 수 있는 법의 글을 임금께 올린 놈이 저 늙은 거지새끼다."라고 말하자 듣는 사람들이 모두 서로 손가락질을 하니 거리에는 붉은 손가락이 다발로 묶은 것 같았다.

중찬, 즉 정승의 벼슬을 지낸 설재 정가신이 진사를 뽑는 성균시를 맡았을 때에 '민불견리(民不見吏)'[1]라는 시의 제목으로 시험을 보였다. 한 늙은 응시자가 있었는데, 그가 지은 글귀에 '개는 꽃이 핀 촌락의 달밤에 침묵하며, 말은 버드나무 선 역의 티끌에 발굽 소리마저 고요하다〔犬默花村月　蹄閑柳驛塵〕'고 한

---

1) '백성이 아전을 보지 못한다'는 뜻.

것이 있었다. 그 밖의 문장은 엉성한 것이었으나 쓸 만한 것이
어느 정도 있으므로 공은 말석으로 합격시켰다.

  합격자를 발표한 후 축하객들에게 연회를 베풀었을 때에 공
은 그 합격자를 보고 그 늙었음을 가엾이 생각하여 위로해 주고
싶은 마음에서, 그의 글 중의 '개가 침묵한다〔犬默〕'는 문구만
을 고쳐서 하객들에게 자랑스럽게 이르기를, '삽살개는 마을의
달에 잠자고 말발굽은 버드나무 선 역의 티끌에 발굽 소리마저
한가롭다〔厖睡花村月 蹄閑柳驛塵〕'고 하였는데, 이렇게 해야 산
글이 되는 것이다.

  하객들이 미처 말하기 전에 늙은 합격자는 앞으로 나와서 자
기의 문장은 '삽살개가 잠잔다〔厖睡〕'가 아니고 '개가 침묵한다
〔犬默〕'는 것이라고 하였다.

  상서인 공문백은 술을 매우 즐겨 마셨다. 그가 살고 있는 동
리에 여극해라는 자가 있었는데, 그의 연로(年老)함을 존경하면
서, 자주 자기 집에 모셔다가 맛이 좋은 술을 베풀었다.

  공문백이 즐겨 그의 앞에서 칭찬하며 이 나이 어린 젊은이는
그 얼굴 모양과 몸가짐을 보고 그의 말을 들어 보니 뒷날에 반
드시 재상이 될 것이라고 하였다. 그 뒤에 극해가 세상일에 바
빠서 달이 넘도록 그를 청할 겨를이 없었는데, 공문백이 길에서
그를 만나자 "재상의 명령은 스스로 늦출 일과 재촉해야 할 일
이 있음을 잊어서는 안 된다."고 말하였다.

  속어(俗語)로 남을 업신여기며 잘난 체 뽐내는 이를 성자(聖
者)라고 일컫는다. 우리는 장원 급제한 자로서 성자의 행위를
하지 않는 사람은 오직 곽예 공뿐이라고 하였다.

또한 어떤 사람은 곽 공이 한림이 되었을 때에, 매번 비를 만날 때마다 꼭 우산을 들고, 맨발로 용화원(龍化院) 숭교사(崇教寺)의 못가에 혼자 와서 연꽃을 구경하였으니 어찌 성자가 아니겠느냐고 하였다. 그래서 곽 공의 시에 이르기를,

연꽃을 구경하려고 세 번이나 삼지(三池)에 왔더니
푸른 산과 붉은 단장 예나 다름없건만,
꽃을 감상하는 옥당(玉堂)의 손은,
풍정 또한 줄지 않았으나 내 수염실처럼 희어졌노라.

라고 하였다.

정팔품 노당 추적 선생께서 안동에 있는 자기 서기(書記)에서 돌아왔을 때 몸이 아주 뚱뚱해 있었다.

내가 작은아버지 비랑공을 만나 웃으면서 "이소년(李少年)의 수염이 갑자기 자랐군." 하였다. 작은아버지는 그 말을 듣고는, "추사록(秋司錄)의 허리와 배는 쓸데없이 함께 커졌다."고 대답하였다. 그러자 사람들은 매우 적절한 답이라고 하였다. 노당은 성질이 매우 활달하여 거리낌이 없었고, 나이가 들어서도 식사를 잘하였다. 그는 항상 이렇게 말하였다.

"손님을 대접하는 데 있어서는 다만 흰쌀로 부드럽게 밥을 짓고, 생선을 잘라 국을 끓이면 된다. 비록 백금(百金)을 팔아 팔진미(八珍味)를 차려 놓아도 먹고 나면 그만이다."

그가 용주 고을 원님이 되었을 때의 일인데, 평소에 사이가 좋던 왕륜사의 인조 스님이 역마(驛馬)에 올라 북쪽으로 가는 도중에 그 고을의 관내에 들어가게 되었다. 역참의 관리에게,

"여기 고을의 사또는 누구냐?"고 물었다. 그러자 관리가, "추시랑(秋侍郎)이십니다."하고 대답하였다. 스님은, "출신이 관리이냐, 선비이냐?"고 물으니, 관리의 대답은, "항상 붓과 벼루를 벗삼고 간혹 혼자 글을 읊는 것으로 미루어 선비님 같습니다."하는 것이었다. 이에 스님은, "이름이 뛰어난 훌륭한 선비로 추(秋)라는 성을 가진 이가 어디 있겠는가, 내가 그 사람을 모르는 것이 당연하다."고 하였다.

조금 후에 다시, "만일 내일 10개의 큰 사발에 향기로운 쌀밥을 담고 깊은 주발에 연한 고깃국을 가득히 차린 밥상을 앞에 가져가면 너희 사또는 도대체 어떻게 하겠느냐?"고 물으니 관리가 곧 꿇어앉으며, "스님이 저를 속였습니다."고 말하며 필경 사또를 잘 아는 분일 것이라고 하였다.

상서(尙書) 최원중은 학사 옹의 아들인데, 처음으로 합격하여 사학의 하나인 구재(九齋)의 교도(敎導)로 있었을 적에 생도에게 매우 심하게 매질하여 조금도 용서하지 않았으므로 생도들은 원망하여 그를 진시황이라 불렀는데, 이것은 그의 형벌의 혹독함을 말한다.

얼마 후 한림원[1]에 들어가서는 너무 자기의 재능을 믿고 남을 업신여겼다. 같은 한림원의 동료인 무신 이숙기가 화를 내면서 이렇게 말하였다.

"너는 어떤 놈의 물건이기에 이렇게 스스로 잘난 체하느냐? 내가 만일 한 마디만 하면 네가 이 세상에 나설 수 있다고 생각

---

1) 고려 때에 사명, 즉 임금의 말 또는 명령을 짓는 일을 맡은 관아.

하며, 네 자신이 과연 최 학사의 아들이라고 생각하느냐?"

최가 발칵 화를 내며 이렇게 말하였다.

"망령되이 남을 욕하고 그것이 부모에게까지 미치게 하느냐? 너는 나라의 법이 두렵지도 않느냐? 너는 내가 누구의 아들이라고 생각하느냐?"

이가 천천히 말하기를,

"나는 너를 여불위[1]의 아들이라고 말하겠다."

고 하니, 최가 고개를 숙이며 크게 웃을 뿐이었다.

정통은 초계 사람이다. 나주 서기로 있었을 때 관기인 소매향을 사랑하여 아이를 낳기까지 하였다. 그러다가 전임(轉任)이 되어 서울로 가게 되자 맥이 풀려서 떠나가면서도 멍하니 갈 바를 모르게 되었고, 말하다가도 무슨 말을 하려고 했는지조차 잊어버릴 지경이었다.

중도에 친구의 집에 이르게 되었는데, 한 중이 좋은 말을 타고 그 집으로 들어왔다. 미처 그 중이 앉기도 전에 그 말을 훔쳐 타고 나와 나주를 향하여 달리니 3일 만에 당도하였다. 한밤중에 기생집에 다다르니 기생이 그의 어머니와 함께 등불을 밝히고 둘러앉아 한숨을 쉬며 "기실공(記室公)은 이 밤중에 어디 계실까?" 하고 탄식하였다.

정통이 문을 밀고 들어가 울면서 "내가 여기 왔다."고 하였다. 며칠을 묵은 후 거기 오래 있을 수 없음을 알고 기생을 말에 태워 자신은 어린애를 업고 뒤따르면서 북쪽으로 왔다.

그의 아내는 이미 남편을 잃어버렸으며, 또한 땔나무와 식량

---

1) 중국 진시황의 아버지.

의 걱정을 도저히 감당할 수 없어 종들과 함께 고향으로 돌아가는 도중에 길에서 보니 한 부인은 말을 탔으며, 어린애를 업은 하인이 뒤따라오고 있었다. 계집종이 저기 오는 사람이 서방님 같다고 말하니, 아내는 설마 그분이 아무리 사랑에 눈이 멀었다 하더라도 그렇게까지야 되겠느냐고 말하며 가까이 가 보니 과연 통이었다.

아내가 바라보며 늙은이가 그게 무슨 꼴이냐고 하니, 정통은 아내에게 그저 한번 장난해 본 것뿐이라고 하였다.

종이품 봉익대부인 김여맹은 겁이 많고 말을 더듬는 버릇이 있었다. 전염병을 피하려고 잠깐 어느 동리에 가서 붙어 있었다. 그 이웃 사람 중에 죄를 지은 사람이 있었으므로 옥리(獄吏)가 뒤쫓아 오다가 김 공이 있는 곳까지 이르러 김 공이 방에 앉아 있는 것을 보고 물었으나 대답하지 않았다. 왜 대답이 없느냐고 그를 질책했지만 역시 말이 없은즉 관리가 화를 내며 말하기를,

"네가 거처하는 곳이 이렇게 누추한 것으로 보아 네 신분을 알 수 있다. 남이 말을 묻는데 대답하지 않으면 아마 감옥에 가서 말하려는 것이로구나."

하고 머리털을 잡아 흔들며 끌고 가 큰길까지 왔다. 계집종이 다른 곳에서 오다가 이 광경을 보고 그렇게 된 까닭을 짐작하여 관리에게 말하기를,

"우리 서방님께서는 김평장 댁 아드님이고, 김추밀 댁 사위이며, 관등 또한 삼품이시다. 오늘 아침에 관의(官醫)가 군신약(君臣藥)[2]을 조제하여 복용하셨으며, 말을 하지 않도록 한 까닭

---

2) 제일 주된 약인 군제와 그에 배합하는 다른 약을 그 작용의 강약과 경중에 따라 조합한 약.

에 말하지 않는데 네가 어찌 그분을 이렇게 모욕하느냐!"
고 하니. 관리가 풀어주고 절하며 사과하고 갔다고 한다.

　봉익대부 홍순은 충정공 홍자번의 아들이다. 상서 이순과 일찍이 내기 바둑을 하여 이 공이 골동품과 서화를 걸었다가 거의 다 잃어버렸다. 그가 몹시 아끼는 가보(家寶)인 현학금(玄鶴琴)을 마지막으로 걸고 내기를 하게 되었다. 홍 공이 또다시 내기에 이기니 이 공은,
　"이 거문고는 우리 집의 대대로 내려오는 가보로 거의 200년이나 되었소. 물건이 매우 오래되어 자못 신이 붙어 있다 하니 공은 조심하여 간직해야 하오."
라고 말하면서 거문고를 주었다. 이것은 홍 공이 두려움과 꺼리는 것이 많다는 성질을 알고 농담한 것이다. 그 후 어느 날 밤 날씨가 몹시 추웠으므로 거문고 줄이 얼어 끊어져서 딩댕 소리가 나자 매우 놀라 갑자기 신이 붙었다던 말이 생각났다. 급히 불을 밝히고 복숭아나무 가지로 마구 두들겼더니 거문고는 두들길수록 더욱 소리를 내어 한층 의혹하는 마음이 더해 갔다.
　종들을 불러서 서로 지키게 하고 첫새벽에 종 연수더러 거문고를 이 공에게 가져다 주게 하였다. 이 공은 그가 이른 새벽에 온 것이 이상하다 생각하고 또한 거문고에 함부로 두들긴 흔적이 있었으므로 일을 짐작하여 가만히 말하기를,
　"내가 이 거문고로 인하여 오랫동안 근심하였으며, 여러 번 깨뜨려 버릴려고 하였지만, 신의 화를 받을까 두려워 깨뜨리지 못하던 차에 다행히 홍 공에게 주게 되었는데 어찌 다시 돌려준단 말인가?"

하고 거절하며 받지 않았다. 홍 공은 매우 난처하게 되었으므로 내기에서 얻었던 서화와 골동품 따위까지 모두 거문고에 곁들여 보내니 이 공이 마지못한 체하고 받았다. 홍 공은 그것도 모르고 거문고를 돌려준 것을 다행스럽게 생각하였다.

충렬왕 때 문영공 김순은 문량공 조간과 함께 과거에 급제하게 되었는데, 조간이 첫째 자리를 차지하였다.

문량공은 늙어서 악성 종기로 어깨와 목을 거의 분간할 수 없게 되었으나 여러 의원들이 모두 손을 쓸 수가 없었다. 중 묘원이 이렇게 말하였다.

"이 종기는 뼈에 뿌리를 박고 있으며 뼈의 반은 썩었을 것입니다. 썩은 것을 긁어 내지 않으면 치료할 수 없으니 참지 못할 것이 오로지 걱정입니다."

이에 문량공이 이렇게 말하였다.

"죽기는 매한가지니 시험해 보라."

그리하여 날카로운 칼로 살을 베고 보니 과연 뼈가 썩어 있었다. 그것을 긁어 내고 약을 바르는데, 문량공은 이틀 동안이나 기절하여 눈을 감고 있었다. 문영공이 이를 듣고 문병하려 찾아가서 문에 앉아 울음을 그치지 않으니, 문량공이 갑자기 눈을 크게 뜨며 사람을 시켜,

"공이 내가 죽음을 슬퍼함이 이러할 줄 생각하지 못하였소. 어찌 마음으로는 기뻐하며 얼굴빛은 슬퍼하고 있는가?"

고 말하였다. 문영공이 말하기를,

"허 참, 이게 무슨 말인가? 같은 해에 과거에 급제하여 사기(四紀), 즉 48년 동안이나 교분을 같이 하였는데 어찌 소홀히

할 수 있겠는가."
라고 하니, 문량공이 말하기를,
　"내가 죽게 되면 합격자 중에서는 공이 제일 아니겠소?"
라고 하였다. 문영공이 눈물을 거두고 웃으며,
　"이 늙은이 죽지는 않겠군."
하고 말하며 비로소 돌아갔다.

　정오품 낭중 김서정은 기이한 것과 옛것을 숭상하였다. 스스로 호를 우계(愚溪)라고 하였는데, 한번은 그의 누님인 최찬성의 부인이 오라 하였지만 가고자 해도 말[馬]이 없었다.
　마침 나무꾼이 소를 몰고 왔으므로 그 소에 안장을 얹고 고삐를 매어 타고 가니 뒤따르며 구경하는 사람들이 매우 많았다. 그러나 김서정은 놀라지도 않았다.

　졸옹 최해가 술주정을 하며 일부러 미친 체하고 광명사를 지나니 중들이 그를 보고 모두 달아나고 말았다. 졸옹이 장난삼아 선문(禪門)의 말을 이용하여 벽에 거사(居士)라고 써 놓고 돌아갔다.
　하루는 손님을 송별하려고 광명사를 지나가다가 중이 거처하는 한 요(寮)에 들어가니 요주(寮主)는 담을 넘어 달아나고 오직 설법사를 모시는 시자(侍者)만이 있었다. 그 후에 어떤 이가 공암에게 그 말을 하니, 암이 말하기를,
　"내가 만일 심부름꾼이었다면 술을 받았다가 거사에게 시험해 보았을 것이다."
라고 하였다.

후집(後集) 1

손님이 낙옹에게 이렇게 말하였다.

"그대가 〈전집(前集)〉에서 기록한 내용들은 조종세계(祖宗世系)의 내용과 멀고 이름난 공경(公卿)들의 언행도 그 속에 많이 실려 있지만 해학적인 골계(骨稽)의 말로 끝을 맺었으며 〈후집(後集)〉의 기술 또한 경사(經史)를 강론한 내용은 별로 없이 모두가 장구(章句)를 아로새겨 다듬은 조탁전각(雕琢篆刻)의 내용들뿐이니 어찌 그에 대해 특별한 조심이라도 없었는가? 이것이 단아한 선비, 씩씩한 장부가 할 수 있는 일이겠는가?"

내가 이에 대답하기를,

"'둥둥 북을 친다〔坎坎擊鼓〕'라는 내용은 《시경(詩經)》의 〈패풍(邶風)〉에 있으며, '너울너울 춤을 춘다〔屢舞婆娑〕'라는 내용은 《시경》의 〈소아(小雅)〉에 있은즉 하물며 이 기록은 원래 무료하고 답답함을 쫓기 위해 붓 가는 대로 기록한 것이니 그 속에 희롱의 내용이 있다 한들 무엇이 이상한가? 공자님께서도 장기나 바둑을 두는 것이 아무 생각도 안 하는 것〔無用心〕보다는 현명하다 하셨으니, 장구를 다듬는 일은 바둑이나 장기를 두는 일보다는 훨씬 나은 일이 아니겠는가? 또한 이 같지 않다면 이름을 비설(稗說)이라고는 하지 않았을 것이다."

라고 말하여 중사(仲思)가 서문으로 썼다.

밀직 김영용이 나에게 이르되,

"《좌씨전(左氏傳)》을 보면, '너희들이 띠〔茅〕를 묶어 바치는 공물(貢物)이 들어오지 않으니 축주(縮酒)할 수가 없구나'고 하였는데, 그 속의 축(縮) 자는 무슨 뜻입니까?"

하여 이에 내가 대답하기를, "두원개가 지은 《좌씨전》 주해에는 띠를 묶어 술을 여기에 붓는 것이라고 하였다."고 하니 김 공이 따라서, "옛날 영광군에서는 띠를 엮어서 술을 짜면 술이 아주 맑아서 명주나 비단 자루에 짜는 것보다도 더 좋았다."고 하므로 내가 집사람을 시켜 시험해 보니 과연 그러하였다. 《예기(禮記)》에는, "교외(郊外)에서 제사를 지낼 때는 특생(特牲)을 쓰고 축작(縮酌)에는 띠를 쓰도록 한다."라고 하였고, 정씨는, '술을 거를 때 띠로 짜는 이유는 찌꺼기를 제거하기 위함'이라고 씌어 있다.

이 설명들은 두원개의 주(註)에 비하면 더욱 자세한 것이다. 그런데 사람들이 술을 거를 때 모두 명주와 비단을 쓰고 띠를 쓰지 않음은 무슨 까닭일까? 그것은 천신(天神)을 제사하는 데 사용한 것을 사람에게는 사용할 수 없다는 때문이 아닐까[1].

황경 초년에 덕릉이 중국 황제의 곁에 있을 때에 헌시(獻詩)하는 사람이 있으면 지운(支韻)인 치(差) 자로 압운(押韻)하라 하니 문사(文士)들이 모두 앞을 다투어 운에 맞추어 시를 지어 올렸는데, 모두가 참치(參差)라 달았지만, 오직 두 사람만이 다르게 지었다. 한 사람은 치치(差差)라 하였는데, 한유는, '흰 칼날이 고르지 못하다〔鋒刃白差差〕'고 하였으며, 또 한 사람은 옥치(玉差)라 하였는데, 송옥과 경치[2]를 말한 것이다.

세상에 알려져 있는 송본(宋本) 《압운서(押韻書)》를 보면 상평지운(上平支韻)의 치(差) 자 아래의 주해(註解)에 경치는 인명

---

1) 소동파의 시에 띠풀을 압착한다는 것은 이런 뜻인 것 같음.
2) 송옥과 경치는 모두 초나라의 문사임.

(人名)이라고 하였으니, 이를 취하여 입증한 것이다.

학사 이의는 말하기를, "송본《압운서》는 그 내용이 매우 엉성하여 근거로 삼을 것이 못 된다."고 하였다. 후에 전한(前漢)의 고금인표(古今人表)를 알아보니 경치를 경도(景徒)라 하였다. 어찌 이렇게 틀리는가.

《급총서(汲冢書)》[3]는 육경(六經)과 합치되지 않는 것이 많은데, 순 임금·우 임금·주 문왕이 모두 큰 악명(惡名)을 입고 있으니 그것은 더욱 놀랄 일이다.

내 어리석은 생각에 따르면 조조와 같은 사기꾼은 스스로 그 해악함을 알면서도 그 당시는 두려워하는 것이 없었으며, 후세에 있을 공론만이 두려운 것이라고 생각하였다. 이에 대성인들을 무함해서 그에 대한 비방을 나누기 위하여 땅을 파 책을 파묻었으며, 만일의 경우 발굴된다면 후세 사람들을 속이려고만 했던 것이다.

후에 유자(儒者)들이 오직 옻칠을 한 대쪽의 자획만을 보고 그것이 옛 자취임을 알아 믿으려고 하는 것은 또한 잘못이다.

연우 병진년[4]에 내가 중국 황제의 명을 받들어 사신의 몸으로 아미산[5]에 제사를 지내러 갔을 때 조·위·주·진(秦)나라의 땅을 도중에 모두 거쳐 기산의 남쪽에 다다랐으며 대산관을

---

3) 중국 서진시대 하남성의 급군 사람인 불준이 위나라의 양왕의 무덤에서 발굴한 고서. 10권임.
4) 연우는 중국 원나라 인종 3년, 병진은 서기 1316년임.
5) 중국 산동성 박산현에 있는 산 이름.

넘어 포성역을 또한 거쳐 갔다. 다시 잔도를 지나 검문에 들어가서 결국 성도[1]에 이르게 되었다. 여기에서 또 배를 타고 7일을 가서야 비로소 아미산이라는 곳에 도착하게 되었다.

이 때 이적선[2]의 〈촉도난(蜀道難)〉이라는 시구가 갑자기 떠올랐다.

서쪽 태백산 위에,
새들 다니는 길 있으리라.
새들은 아미산을 가로질러,
건널 수 있겠구나.

태백산은 함양[3]의 서남쪽에 있으며 아미산은 성도 동북쪽에 있는데, 이른바 현격히 떨어진 거리였다. 그러나 함양에서 수천 리를 가야 성도에 이르며, 그 길도 동에서인지 서에서부터인지 시작하여 일정한 것이 아니었다. 또한 성도에서 동쪽을 향하여 가다가 북쪽으로 방향을 바꿔 600여 리를 가면 아미산에 도착하게 되었다. 비록 산천도로는 우회할 수 있는 것이었으나, 그 형세를 보았을 때에는 두 산은 그렇게 먼 곳은 아니었다. 사람이 걸어서는 도저히 오를 수 없었으나 새라면 가로질러 건너는 길이 있다고 말한 것뿐이다. 백낙천의 〈장한가(長恨歌)〉를 보면,

누런 먼지 바람에 날리니,

---

1) 중국 사천성에 있는 도시. 촉나라의 서울.
2) 이태백.
3) 중국 섬서성에 있는 도시. 진(秦)나라의 서울.

바람조차 쓸쓸하고,
구름다리 얽힌 곳,
검각(劍閣)에 오른다.
아미산 아래에는,
다니는 행인도 적고,
깃발에는 광채도 없이,
햇빛마저 어둡구나.

라고 하였다. 이것은 당 명황(唐明皇)이 성도를 행차할 때의 광경을 시로 읊은 것이다. 만일 그가 말한 것과 같다면 아미산은 검문과 성도 중간에 위치하여야 당연할 것이었으나 이제 보니 그렇지 않았다.

후에 시를 비평한 《시화총구(詩話總龜)》를 읽어 보니 옛사람들도 이미 이에 대하여 많은 논란을 거듭하였음을 알았다. 아마 백낙천은 촉중(蜀中)에 가 본 적이 없었던 것 같다.

지치(至治) 계해년, 즉 충숙왕 10년에 내가 임조로 가는 도중 건주를 지나게 되었다. 당 무후의 묘가 황화역 서북쪽에 있었는데, 일반 사람들은 이를 아파릉(阿婆陵)이라고 불렀다.

내가 시 한 편을 남겼는데, 그 서문에 이렇게 썼다.

"구양수는 무후를 당기(唐紀) 속에 넣어 둔 것은 사마천과 반고와 같은 잘못을 답습한 것으로 더욱 실수한 것이다. 여씨는 비록 천하를 통제하였지만 이것은 영아를 황제의 이름으로 나타내어 한나라가 있음을 표시한 것이다. 무후는 당나라 왕통(王統)을 계속 이어받은 이씨를 물리치고 자신의 성인 무씨를 높였으며, 당나라를 주나라라 고쳤고, 종묘사직을 다시 세워 연호를 정하니, 그 흉악하고 반역됨을 이루 말할 수 있겠느냐? 마땅히 잘못을 바로잡고 만세에 드러내 보여야 하겠거늘 오히려 이를 높인단 말인가? 당기(唐紀)를 이르면서 주년(周年)을 쓰는 것은 옳은 것인가?"

어떤 사람이 말하기를,

"일을 기록하려면 반드시 연대를 먼저 기재한 다음에 일의 내용을 기록하도록 되어 있으니 이것은 조강(條綱)을 문란하게 하지 않기 위함이다. 그대의 설명에 의하면 중종이 폐위된 뒤에는 그 연호가 없어졌으니 천하의 일을 장차 어디에 매어 기록하겠는가?"

하니, 내가 이에 대답하기를,

"노나라 소 공은 동생에게 쫓겨 건후(乾候)에 가서 지냈지만 《춘추(春秋)》에는 일찍이 소 공의 연호를 쓰지 않은 적이 없었으니 방릉의 폐위는 이것과 무엇이 다른가? 역사를 기술함에 춘추필법(春秋筆法)을 본받지 않는다면 나는 그르다고 생각한다."

하고는, 시로써 간략하게 다음과 같이 읊었다.

구 공(歐公)은 명유(名儒)로 믿으나,
역사의 기록은 실수를 하였노라.
어찌 주나라의 찌꺼기로,
우리 당(唐)의 일월(日月)을 모독하는가?

후에 회암의 감우시(感愚詩)를 보니,

어찌하여 구양자(歐陽子)는,
사필(史筆)을 잡아 지공(至公)한 사실을 흐렸는가?

라고 된 구절을 보고, 책을 잡고 스스로 탄식하며 "후생(後生)
의 천루한 학식으로 의논함이 주자에게 그릇됨이 없었다고 누
가 말할 수 있겠는가?" 하였다[1].

순자가 항상 자궁(子弓)이라는 자를 공자와 같이 공경하여 중
니니 혹은 자궁이니 하고 말하였다. 당나라 유학자 양경은, 자
궁은 중궁(仲弓)인데, 자(子)를 붙인 것은 다만 그가 스승이었
음을 나타낸 것뿐이라고 하였다.
내가 순경을 살펴보니 맹자보다 뒤에 낳았으며, 중궁은 자사
(子思)보다도 먼저 낳았다. 맹자가 자사를 따르지 못하며, 그
문인(門人)에게 수업하였으니 순경이 어떻게 중궁으로부터 사
사(師事)받았단 말인가? 그렇다면 자궁이란 사람은 마땅히 따
로 존재해야 할 사람이다. 자궁의 공덕이 세상에 전해지지 않으
니 어찌 공자와 짝하여 말할 수 있겠는가? 그 제자가 내세운 성
악설(性惡說) 한 가지만 보더라도 성악설을 주장한 근원의 인물
을 짐작할 수 있지 않겠는가? 더구나 어찌 그 학설이 전해져 이
사(李斯)[2]가 분서갱유(焚書坑儒)하게 하였으랴.

---

1) 범씨의 《당감》에도 역시 그런 의논이 있어서 그것을 보고 깨닫지 못하고 한 번 웃고서
　스스로 그것을 젊어서 지은 것을 후회했음.
2) 이사는 중국 진시황 때의 정치가. 순자의 제자로, 진시황 즉위 34년에 학자들의 정치 비
　평을 금하기 위해 서적을 불살라 버리고, 유생들을 구덩이에 묻어 죽인 분서갱유를 실행
　했음.

《역경(易經)》에 나오는 우주 철학의 상징이라고 할 수 있는 건괘(乾卦)에서 구삼효는 달리 용을 말하지 않는 것은 어찌된 까닭인가? 무릇 6효를 셋으로 나누어 삼재(三才)에 배분하니, 초효(初爻)와 2효는 땅이라 하고, 3효와 4효는 사람이며, 5효와 상효(上爻)는 하늘을 뜻한다.

용이 연못을 떠나 이미 하늘에 오르면 용의 여러 가지 신비한 변화는 이미 없어진다. 그렇기 때문에 93효는 바로 사람의 일을 나타내고 용에 대한 상징으로 나타내지 않는다. 94효에 나아간다면 하늘에 가까이 간 것이므로 족히 그 변화의 신비함을 보일 수 있을 것이므로 혹은 뛰면서 연못에 있다고 한다.

92효는 용이 밭에 있다는 말이니 연못을 떠난 것을 말함이 아닌가. 여기에 밭〔田〕이라는 것은 물 위를 의미하는 것이니 용이 헤엄쳐 다니는 곳을 말함이다. 이것은 구름과 새가 왕래하는 길을 말하며 하늘의 거리〔天衢〕라고 하는 것과 같은 것이다.

《역경》 곤괘(坤卦)를 보면 상육효(上六爻)라고 하는 것은 '용이 들에서 싸우고 있으니 그 피가 또한 검고 누렇다〔龍戰于野 其血玄黃〕'라는 말이라고 하였다. 설명하는 자는 음(陰)과 양(陽)이 모두 상한 것을 말한다고 하나, 내 생각으로는 용은 양이 아니고 음이 스스로 양이 된 것처럼 꾸며진 것을 말하니 음이 극성스럽게 되면 저절로 양으로 꾸며져 그 피가 검고 누렇다고 이른 것이다.

성인이 바야흐로 음이 양에 대적하게 되면 그것은 필경 손상을 받게 된다고 경계한 것이니 어찌하여 갑자기 양이 손상하였다고 말할 수 있는가. 암말〔牝馬〕을 음의 상징으로 하였지만 그것은 곤괘의 유순하고 이정(利貞)함을 모두 나타낼 수 없을 것이다.

《역경》을 지은 사람이 쉽게 알 수 있도록 예를 들어 이를 상징하였을 뿐이다. 그렇다고 하면 용이 수없이 신묘한 변화를 만든다는 것 또한 건괘를 상징하는 데 만족한 것이라고 할 수 있을까?

《예기(禮記)》의 한 편인 〈단궁편(檀弓篇)〉을 보면 공씨가 집을 나간 어머니의 거상(居喪)을 하지 않는다는 것은 자사에서부터 시작되었다고 하였다.

자사의 말을 따르자면, 공자의 손자인 급에게 처가 되는 사람이라면 급의 아들인 백에게는 어머니가 된다고 하였으니, 이것은 아마 계모가 나간 것뿐이고 생모를 말하는 것이 아니리라.

당대의 문장가 유자후[1]의 〈남악비문(南岳碑文)〉에는 가섭에서 사자에 이르기까지는 24세인데 여기서 떨어져 나가면 달마가 되며 달마에서 인(忍)에 이르기까지 5세인데 더욱 떨어져 나가 수(秀)가 되었으며 능(能)이 되었다고 하였다.

《전등록(傳燈錄)》[2]을 들여다보면 사자가 파사사다(婆舍斯多)에게 전하였으며 파사사다가 불여밀다(不如密多)에게 전하였고, 불여밀다가 반야다라에게, 그리고 반야다라가 보리달마에게 차례대로 전하였다고 되어 있다.

그런데 어떻게 사자에 이르러서 달마로 떨어져 나가게 되었

---

1) 중국 당나라 때의 문인 유종원. 자후는 그의 자임.
2) 중국 송나라 때의 고승 도언이 지은 불교 서적.

다고 하였는가? 달마달(達摩達)이라는 자가 있었는데, 그는 사자의 방계 출신이었다. 아마 유자후는 달마달을 보리달마로 착각한 듯하다.

강원도 북원[1]에 있는 흥법사비(興法寺碑)는 고려 때 태조가 직접 그 글을 지었으며, 서예가 최광윤이 당 태종의 글을 모아서 비석에 그대로 새겼다.

말의 뜻이 웅대하였으며, 심원하고 거룩하며, 아름다워 마치 검은 구슬을 단 신하가 붉은 신을 신은 임금과 함께 조정에서 인사하는 것 같았으며, 글자는 큰 글씨와 작은 글씨, 그리고 해서(楷書)와 행서(行書)가 서로 사이를 맞추어 난봉(鸞鳳)이 물 위를 헤엄쳐 다니는 것처럼 그 기상이 하늘 밖까지 삼킬 듯하였다. 그것은 정말 천하의 보물이었다.

정국안화사에 고려 16대 예종이 지은 당률(唐律) 사운시(四韻詩) 한 편이 비석에 새겨져 있는바 그 후면에는 태자 모(某)가 글씨를 썼다고 하는데, 인종의 휘(諱)였다.

이 때에는 왕과 태자 함께 모두 마음을 가다듬어 학문에 힘을 썼으며, 유아(儒雅)한 선비를 찾아서 맞아들이던 때였다. 이에 윤관·오연총·이오·이예·박호·김연·김부일·김부식·김부의·홍관·인빈·권적·윤언이·이지저·최유청·정지상·곽동순·임완·호종단 등의 명신(名臣)들과 현사(賢士)들이 모두 조정의 한자리에 모여 시문(詩文)을 지었고, 토론윤색(討論

---

1) 원주.

潤色)하여 부지런하였으며 게으르지 아니하여 중화(中華)의 풍모가 있다고 하였는데, 이것은 후세에는 따르지 못할 것이다.

명종이 손수 베낀 전한(前漢)의 기(紀)·지(志)·표(表)·전(傳) 등 99편의 제목을 예전에 유인수 상서 댁에서 보았다.

모든 정사(政事)를 하는 여가를 틈타 전적(典籍)에 마음을 두고 쓴 그 붓글씨의 절묘함은 옛사람과 비교하여 손색이 없으니 아무리 감탄해도 오히려 부족함을 느낀다. 이로 인해 양정수가 덕수궁에서 〈전한열전찬(前漢列傳贊)〉을 썼는데, 그때 지은 시가 생각났다. 이르기를,

소신 외람되이 선비라 지칭하고,
효경을 베끼려고 손에 책을 못 놓았네.
임금님은 어찌하여 한의 사적 베꼈는고,
절하며 읽노라니 땀이 옷을 적시누나.

고 하였는데, 이것은 사람의 마음속을 잘 나타냈다고 하겠다.

옛 사람은 시에 눈앞의 경치만을 묘사하였으나, 뜻은 언외(言外)에 들어 있었다. 말은 다 할 수 있었지만 의미는 다하지 못하였다. 예를 들어 도연명의 시에, "동편 울타리 밑 국화를 꺾어 들고, 우두커니 남쪽 산만 바라본다."와 송나라 진간재의 시를 보면, "문을 열고 밖을 보니 비가 왔구나, 늙은 나무가 반이나 젖어 있네."와 같은 구절이 이렇다 할 것이다.

나는 "연못에 봄풀이 돋아 있다〔池塘生春草〕"라는 시구만을 더욱 사랑하고 그 속에 전할 수 없는 묘미가 있다고 생각한다.

예전에 여항[1]에 객(客)으로 머물러 있었는데, 그때 어느 사람이 화분에 난초를 심어 그것을 선물로 주었다. 이 화분을 책상 위에 놓아 두고 손님을 대접하고 사무를 처리하는 오랜 동안에 그 난초가 향기로운 줄을 깨닫지 못하였다. 깊은 밤에 혼자 고요히 앉았노라면 달은 창 앞에 다가와 있어 그 향기가 코를 찌르는 듯하여 맑고 그윽한 향기의 사랑스러움이란 도저히 말로써 표현할 수 없음을 느꼈다.

나는 즐거워 혼자서, "봄풀이 어떻다는 시구 때문에 보내 준 듯하구나."라고 말하였다.

두소릉의 시에, "땅이 편소(偏小)하여 강이 촉(蜀)을 뒤흔들었고, 하늘이 높으니 나무는 진(秦)나라에 떠 있구나."라고 읊고 있다.

내가 일찍이 진나라와 촉나라를 유람하게 되었는데, 촉나라의 땅은 서쪽이 높고, 동쪽이 낮아 강물이 민산에서 성도 남동쪽을 거쳐 삼협으로 흐르며, 물결의 광채와 산 그림자가 위아래로 흔들리고 움직인다.

진나라는 천리나 되고, 땅이 평평하며 마치 손바닥 같은데, 장안성 남쪽에서 삼면을 바라보고 있노라면 푸른 나무가 그 아래로 무성하게 우거져 있으며, 들판은 하늘과 마주 닿아 마치 큰 호수에 떠 있는 것처럼 보인다. 그래서 이 시는 두소릉이 진·촉의 신묘함을 전하기 위하여 지은 것으로 그 신묘함이 이 가운데 있는 것을 알았다.

---

1) 항주.

사경(四更)이면 산 위에 달이 떠서,
새벽녘에 물이 누각을 밝힌다.
먼지 앉은 갑(匣)에 크게 거울을 열었고,
바람발〔風廉〕이 위로 매달려 있네.

졸옹 최해가 사람들에게 뒤의 두 구절은 달을 읊은 것이라고 사람들은 말하지만 그렇지 않으며, 티끌 상자〔匣塵〕가 크게 거울을 연다고 말한 것은 물이 누각을 비추고 있음을 다시 말한 것이라고 하였다.

마치 기부의 영회시(詠懷詩)에 이른 것과 같다.

산협(山峽)은 창강(蒼江)을 묶어서 보고,
바위는 고목 나무들 사이사이 둥그렇다.
떨치는 구름은 초나라 기운을 묻고,
아침 바다는 오나라 하늘에 찬다.

라고 하여 '떨치는 구름〔拂雲〕'은 고수(古樹)를 뜻하며 '아침 바다'는 창강(蒼江)을 말한다. 이 또한 시가(詩家)의 일격(一格)이라 할 수 있다.

위언의 소나무를 그린 그림을 희롱하여 지은 시는 정작 희롱하는 말을 찾아볼 수가 없었다. 고소 주덕윤은 그림〔凡靑畵〕에 매우 재능이 있었다. 한번은 내게 대체로 송백(松柏)을 그릴 때 나뭇가지가 꺾인 것이나 굽어진 것과 바위나 돌 모양은 비교적 그리기 쉽지만 하늘을 향해 치솟는 송백은 가장 그리기 어렵다고 하였다. 이 시에 후사구(後四句)를 살펴보면,

내게 동견(東絹)[1] 한 필 있으니,
소중하기는 수놓은 비단에 못지않다.
이미 광채가 요란함은 없었으나,
그대 붓을 들어 곧은 줄기 그려 주오.

라고 한 것은 언(偃)을 희롱[2]한 것이다.

사성(司成) 설문우는 이태백이 지은 〈청평사(淸平詞)〉에,

한 가지 풍요한 꽃송이 짙은 향기 풍긴다[3].
무산 운우(雲雨)[4]의 꿈은 애간장만 태우는구나.
묻노니 한나라 궁중에 누가 이럴 것인가.
가련하다, 조비연은 화장에만 의지하였도다.

라는 시구를 평하여, '의지하다' 라는 글귀는 의뢰한다는 말이
므로 한나라 조비연은 궁중에서 한제의 총애를 모두 받았지만
이것은 다만 화장[脂粉]에 의해서일 뿐이며, '가련하다' 는 것은
이것을 조롱한 것이라고 하였다.

---

1) 동쪽 지방에서 생산되는 비단.
2) 즉 언(偃)은 눕는다는 뜻임. 위언에게 "누운 소나무를 그리지 말고 곧은 소나무를 그리
   라."고 희롱한 시구임.
3) 양귀비의 아름다움을 찬양한 것.
4) 중국 초나라 양왕이 고당에서 지내고 있을 때 꿈속에서 한 선녀를 만나 즐겼는데, 그 선
   녀가 말하기를, "나는 아침에는 떠다니는 구름이 되고, 저녁에는 비가 되어 양대의 기슭
   에 살고 있습니다"라는 고사에서 유래된 말.

유빈객의 금릉회고시(金陵懷古詩)를 보면,

조수는 야성(冶城) 물가에 가득하고,
달은 정로정 정자에 기운다.
채주(蔡州)에는 새로 봄풀 돋아나고,
막부(幕府)에는 예처럼 연기 나는구나.
흥망성쇠는 사람에 달렸으되,
산천은 비어 있어 지형뿐이로다.
후정화의 곡조 소리,
애절하여 차마 못 듣겠구나.

라고 읊었는데, 이는 네 사람이 용의 턱을 더듬어 몽득(夢得)이
구슬을 얻었다고 하는 것인가. 시화(詩話)에 보면 "왕준이 2층
누각배를 타고 익주로 내려간다(王濬樓船下盆君)"라는 시 한 편
을 몽득이 구슬을 얻은 것이라 하였다.

유몽득이 지은 〈금릉오제(金陵五題)〉는 다음과 같다.

산은 고국(故國)을 담하여 서로 만나며,
조수는 빈 성(城)을 치고 고요히 흐른다.
회수 동쪽에 옛 달이 돋으며,
깊은 밤 산 위에 담을 넘어 돌아온다.
주작교 다리 변에 들꽃이 피며,
오의항 입구에 석양이 비추는구나.
먼 옛날 재상들의 집 앞에 모이던 제비들이,

이제 만백성의 집안을 날아든다.
생시에는 설법(說法) 귀신도 듣더니,
사후에는 텅빈 집 밤에도 안 잠그네.
옛 자리 쓸쓸하고 티끌 세상 아득하니,
한쪽의 명월(明月)만이 중정(中庭)에 어울린다.

세 편 시 모두가 가작(佳作)이나 백낙천만이 유달리 "조수는 빈 성을 치고 고요히 흐른다〔湖打空城寂寞回〕"는 문구를 사랑하여 머리를 흔들며 이렇게 말하였다.

"나는 후세 시인들이 다시는 다른 시를 짓지 않으리라고 느꼈다."

소동파가 일찍이 이 시의 제 3편을 지었는데, 어느 사람이 동파에게 왜 달이 중정(中庭)에 가득하다라는 말을 쓰지 않았느냐고 하니, 동파는 웃을 뿐 대답하지 않았다. 고인(古人)들이 시에 대하여 취하는 바가 분명하였다.

한퇴지와 유자후의 문장은 고금(古今)에 이르러 걸작으로 일컫는다. 퇴지와 자후 둘 다 논문이 있었는데, 서(書)에서 다시 내용을 비교 논의하였으며 문(文)을 보냄에 있어 서문을 실었다.

한퇴지의 〈오자왕승복전(圬者王承福傳)〉에 견주어 유자후의 〈재인전(梓人傳)〉을 들 수 있고, 퇴지의 〈서장중승전후(書張中丞傳後)〉에 대하여 자후는 〈수양묘비(睢陽廟碑)〉를 들 수 있다. 또 한퇴지의 〈평회서비(平淮西碑)〉는 자후의 〈평회이아(平淮夷雅)〉와 견줄 만하다.

이와 같은 글을 종류에 따라 한 책으로 서로 모아 엮어서 반복하여 읽는다면 더욱 좋을 것이다.

굴원이 지은 〈천문(天門)〉이라는 글이 있는데, 자후가 이 글에 대답하여 〈천대(天對)〉라는 글을 지었으나 모두가 문장이 난해하여 읽기 힘들다.

우리 집에 있는 주××이라는 이가 주해(註解)해 놓은 책을 읽어 보니 이른바 얼음이 녹듯이처럼 그 이치가 환하고 상쾌하여 자연스럽다.

근래에 학사(學士) 민상의의 집에서 ×××× 이 책의 주해를 편집하여 더욱 사람들이 알기 쉽게 하였음을 보았다.

장차 두 선생과 왕일 모두 세 사람의 해설을 편찬하여 집해(集解)로 만든다면 배우는 사람에게도 다행한 일이 될 것이다.

구양영숙이 자기를 사랑하여 이렇게 말하였다.

"내가 쓴 〈여산고(廬山高)〉라는 시는 현세 사람들은 지을 수 없지만 이태백은 지을 수 있다. 내 〈명비곡(明妃曲)〉 후편을 태백은 지을 수 없으나 두자미는 지을 수 있다. 그러나 전편은 자미도 지을 수 없으되 나만이 지을 수 있다."

이는 후에 호사자(好事者)들이 〈여산고〉라는 시를 들어 음절이 태백과 비슷하다 하고 〈명비곡〉 후편을 보고 자미와 같다고 이른 데 대하여 한 말이다.

송대의 문장가 소노천[1]이 구양수에게 올린 편지에 씌어진 것

---

1) 소순. 소동파의 아버지.

들은 맹자 또는 한자(韓子)의 문장도 아닌 구양자의 글이었다.

비록 시라 하더라도 이백이나 두보 들로 하여금 구 공(毆公)의 시를 지으라 한다 하더라도 이렇게 같을 수는 없으며, 구 공 또한 이·두의 시를 짓는다 할지라도 마치 우맹(優孟)이 손뼉을 쳐 담소하는 것 같다 한다면 이것을 곧 진짜 손오(孫敖)라고 말할 수 있을 것인가.

어린아이들이 학습하는 《송현집(宋賢集)》[1] 속에 수록된 10여 수의 형 공(荊公)의 시는 모두가 절묘하다.

해가 서산에 기우니 섬돌 그림자 오동나무에 비치고,
주렴을 걷어 보니 청산이 빈 하늘에 둥그렇구나.
남쪽 시내에는 석양과 저녁 연기 일고,
서산은 보일 듯 말 듯 아득하구나.

동강에 나뭇잎 떨어지고 물은 갈리어 흐르는데,
조는 물오리와 시든 갈대는 저녁 노을에 숨어 있네.
북쪽 사람들이 고향에 돌아가면 이 경치를 못 잊어,
집집마다 병풍 위에 이 그림을 그려 놓네.

물빛과 산 기운은 푸르기도 하여,
해질 무렵 돌아가다 잠깐 다시 머문다.
이제부터 이 경치가 영원토록 꿈에 뵈면,
꿈속에서 돌아와 옛 친구와 놀리로다.

---

1) 중국 송나라 사람의 시를 모은 책.

금화로에 향불 꺼지고 누수(漏水) 소리 쇠잔한데,
살랑살랑 부는 바람 으스스 차갑구나.
사람들은 봄빛에 피곤하여 잠 못 이루고,
달은 밝아 꽃 그림자가 난간 위에 어른댄다.

항구에 돛 내릴 제 달은 황혼을 알리고,
등불 없는 목로주점은 문을 닫으려 하네.
해안 언덕 모래 위에 단풍나무 시들한데,
배를 매던 자리 위에는 작년 흔적 여전하도다.

나 홀로 단청(丹靑)으로 두 번이나 몸을 가려,
세상에 돌고 도니 먼지꼴이 되었네.
그러나 이것이 다른 것이 아님을 알고,
지금 사람과 옛사람이 같으냐고 묻지 말라.

수양버들 가지에 자색 이끼 덮여 있고,
쓸쓸한 정원에 사람 소리 들리노라.
외로운 살구꽃은 손님을 반기듯이,
담에 기댄 석양 속에 두세 가지 붉게 피었네.

시냇물 맑게 흐르고 고목은 푸르른데,
시냇가에 다가가 봄볕을 밟아 본다.
깊은 물 우거진 나무 숲 속 사람도 없는 곳에,
은은한 꽃 향기만 물을 건너오는구나.

이상의 각 시들은 한 글자, 한 구절이 마치 투명한 구슬이 소반 위를 구르듯 살짝 돌리는 표현은 가히 사랑스럽다 하겠다.

원택(元澤)의 시에 이르기를,

물 위에 산 그림자 비치니 비단 휘장 창이 다 푸르르고,
소나무 밑에 책을 쌓으니 석상(石牀)에 가득하도다.
손님들 오지 않으니 봄은 정녕 고요하고,
꽃나무 사이에 우는 새는 석양을 전송한다.

고 하였다. 이 시야말로 형 공의 시법(詩法)을 진실로 깨달았다고 할 수 있다.

〈무산고(巫山高)〉라는 시를 보면, "밝은 달이 방과 창을 대낮처럼 밝힌다〔白月如日明房櫳〕"고 하는 구절이 있는데, 이벽이 주해하면서 밝은 달은 구슬을 의미한 것이라고 하였다.

유수계는 "꼭 구슬만이 아름다운 것은 아니니 이벽의 속기(俗氣)는 결코 가릴 수 없다."고 비평하였다.

어떤 중이 묻기를,

"동파가 오강삼현(吳江三賢)을 희롱하여 지은 시가 있는데, 그 희롱한다란 것은 무슨 뜻입니까?"

하기에 내가 대답하기를,

"그것은 세 가지의 몸·입·마음에 저지른 일〔三業〕을 경계하지 않은 것이다."

고 하니, 중이 무슨 말이냐고 되묻기에 내가 이에 다시,

"춘추 시대의 범려가 서시를 얻은 것은 몸으로 저지른 일〔身

業〕이고, 장한 또한 농어를 생각하니 이것은 입으로 저지른 일
이며〔口業〕, 구몽이 사람을 속이고 재물을 탐하니 마음으로 저
지른 일〔意業〕이다."
고 말하니 중이 큰 소리로 웃었다.

동파가 백석산방(白石山房)을 택한 이 공을 희롱하여 지은 시
에 이르기를,

우연히 유수를 따라 높은 봉우리에 오르니,
오로봉 푸르름에 웃음꽃을 피웠다.
만약 이태백의 기괴한 말을 본다면,
광산에서도 머리가 하얗게 되었는데,
속히 내려오라 하리라.

이를 만일 동파가 다섯 노인을 귀찮게 해서 이태백에게 말을
붙이게 하였다고 해석한다면 이것은 안 되는 말이다.
전에 충숙왕 때의 최졸옹에게 물으며 세 번이나 아래 문장을
읽어 보더니 이의가 있는지 대답을 하지 않았다. 내가 큰 소리
로 높게 착안해 보라고 하니, 졸옹이 이를 깨닫고 함께 크게 웃
었다.

진간재가 관상을 잘 보는 스님에게 드린 시에,
쥐눈 같은 눈은 예부터 내 자신이 잘 알고,
거북이 같은 창자는 세상과는 서로 다르다.
취한 김에 스님에게 묻고자 하니,

단풍이 모든 산에 가득한데 스님 지팡이가 날아드네.

라고 하였다. 그 구법(句法)의 오묘함이 이와 같았다. 소동파는 불기운에 솟아오름이 비록 운수에 달렸다 하건만, 급류에 용퇴하는 사람도 없지 않을 것이라고 하였으니 오히려 이것이 호탕하여 사람답다고 하겠다.

선군[1]께서 《산곡집(山谷集)》을 보다가 말하기를,
"전에 강도(江都)에 선달 이담이라는 사람이 있었는데, 말이 엄격하고 뜻이 참신하게 시를 지었으나, 인용하는 고사(故事)가 험하고 괴벽해서 그 당시에는 숭상하는 자가 없었다. 그래서 그는 끝내 뛰어나지를 못하였는데, 아마도 송나라 시인 부옹(涪翁)을 본받아 공부해서 그와 똑같이 행한 사람이었을 것이다."
이렇게 볼 때 열심히 노력한 선비라 하더라도 청운(靑雲)의 지기(知己)를 알지 못하면 늙어서 이가 다 빠질 때까지도 알려지지 않는다. 이 선달과 같은 사람이 굉장히 많으련만 참으로 애석한 일이 아닐 수 없다.

후집 2
사간(司諫) 정지상[2]의 시에,

비가 걷힌 강 언덕에 풀빛은 완연하니,
남포로 임을 떠나 보내는 슬픈 노래.

----

1) 선친.
2) 고려 인종 때의 시인. 호는 남호. 묘청의 난에 참가해서 피살되었음.

대동강 물이야 언제 다 마르리요,
해마다 이별 눈물 보태기만 하는데.

라는 글이 있다. 연남 양재가 이 시를 옮기면서, "이별의 눈
물은 해마다 푸른 물결에 파도를 친다〔別淚年年漲綠波〕"고 고쳤
다. 이에 내가 "작(作) 자와 창(漲) 자 두 자가 모두 어울리지
않으니 당연히 첨록파(添綠波)라고 해야 한다."고 말하였다.

정지상의 시를 보면 또 이런 것들이 있는데,

땅은 솟고 하늘은 내려앉아 얼마 멀지 않은데,
사람과 흰구름이 서로 한가롭게 맞대고 있구나.

뜬구름과 흐르는 물을 지나 나그네 절에 이르니,
붉은 단풍, 푸른 이끼의 문을 중이 닫는다.

푸른 버들 아래 문닫은 여남은 집에는,
밝은 달빛 아래 누각에 서너 사람이 나왔구나.

하늘 높이 북두칠성에 솟아오른 삼각 집에,
허공에 반쯤 방 한 칸이 나와 보이는구나.

돌머리와 늙은 소나무 위에는 한 조각 달이 걸려 있는데,
하늘 끝 구름 밑에는 수많은 산이 쌓여 있구나.

등의 시구들은 이 시인이 곧잘 즐겨 쓰던 운율이다.

상서 김신윤이 의종 경인년 중구일(重九日)에 시를 지었는데,

임금을 모신 수레 아래서 반란이 일어나,
살인을 마구 하는도다.

그러나 좋은 명절날을 잊을 수야 있겠는가.
맑은 술에 국화꽃 한 잎 띄워 마시노라.

고 하였다. 이것으로 가히 당대의 생활이 어떠하였는지를 알 수
가 있고, 이 노인의 가슴속이 또한 범상하였으니 보통 사람이
아님을 알 수가 있다.

대축(大祝) 오세재는 의종이 미행(微行)하는 것을 풍자하여
다음과 같은 시를 지었다.

청명한 날씨임에도,
어찌하여 검은 구름이 땅에 낮게 덮여 있을까?
사람들은 가까이하지를 말라,
용이 구름 속으로 다니는 것이다.

어떤 사람이 사용한 운자(韻字)로 창바위〔戟巖〕에 대한 시를
이렇게 지었다.

성 북쪽 돌바위는 뾰족이 고개를 들어,
사람들이 이를 창바위라 부르더라.
학을 탄 왕자 진(王子晉)은 솟은 듯이 높이 보이고,
하늘을 찌를 듯한 무함산을 닮아 치솟은 듯하더라.
나뭇가지에 부딪쳐 번개는 불을 만들고,
뾰족한 봉우리에 내린 서리는 소금 같아라.
어떻게 하면 좋은 병기(兵器)를 만들어,
험악한 바위를 평범한 산으로 만들 것인가?

병든 눈〔目〕에 대해서는 다음과 같이 읊었다.

늙고 병든 것은 서로 기약하듯 따라다니고,
가난함은 해가 가도록 베옷 한 벌뿐이다.
검은 꽃은 어른거려 가리는 것이 많고,
바위에 자줏빛이 살짝 비치노라.
등잔불 밑에서는 글자 읽기 겁이 나며,
눈쌓인 밝은 햇빛 보기가 부끄럽도다.
금방(金榜)[1]에서 이름이나 보고 나면,
눈을 감고 세속 일을 잊어버리겠노라.

문순공 이규보[2]는 "대축의 시는 한퇴지와 두자미에게 많이
배웠지만 그의 시풍을 보기 어렵다."고 하였다.《김거사집(金居

---

1) 과거에 합격한 사람을 발표한 명단.
2) 고려 고종 때의 문장가. 자는 춘경, 호는 백운산인. 저서로는 《동국이상국집》·《백운소
   설》 등이 있음.

士集)》을 보면 그의 시 한 편이 수록되어 있은즉, "백 아름 둘레가 되는 재목이 쓰일 때 쓰이지 못하고, 석 자 길이의 부리를 가지고도 말할 데 말하지 못한다."이다

이것 또한 노숙(老熟)하며 건전하니 가히 칭찬할 만하였다.

송나라에서 상원일(上元日)에 내전(內殿)에서 어시(御詩)를 내었더니 양제(兩制)인 내제·의제와 삼관(三館)인 홍문관·예문관·교서관 들이 모두 응제(應製)하여 성대한 행사를 이루게 되었는데, 왕기공[1]에 이르기를, "한 쌍의 봉황이 구름 속에서, 임금의 수레를 부축해 내려오고, 큰 자라 여섯 마리가 바다 위에서, 산을 멍에 삼아 떠오르는구나."라고 하였는데, 이것이 가장 우아하고 아름답다고 하였다.

우리 고려에서는 어느 연등회 날 밤 〈문기장자시(文機障子詩)〉에서 문순공 이규보가, "만세 삼창에 신산(神山)이 솟아오르고, 천년을 익은 바다 과일 하나가 나오는구나."라고 읊었다. 이것은 왕기공의 시와 겨룰 만한 것이다.

충렬왕 때의 권신인 예천의 일재 권한공이, "남산이 상서로 은술동이 빛고, 북두성 자루 바꾸어 옥술잔이 되었다. 갈고(羯鼓)[2] 소리에 백 가지 봄은 익고, 봉등(鳳燈) 휘황하여 천 나무에 달이 기운다."라고 읊었다.

평리(評理) 백원항도, "달빛이 가득하고 피리 소리와 퉁소 소리 요란하며, 하룻밤에 봄이 금수강산에 만개하였다."라고 읊

---

1) 왕안석. 송나라 때 파격적인 개혁 정책을 실시한 것으로 유명한 정치가.
2) 크기와 모양이 장구와 비슷하나 대 위에 올려놓고 두 개의 채로 침.

었는데, 그는 스스로 자기의 시가 권일재의 시보다 훨씬 못하다
고 말하였다.

문순공 이규보가 노자도(鷺鷀圖)를 소재로 삼아 지은 시에,
"그림은 사람마다 그리기 어려우나, 시는 가히 곳곳에 펼칠 수
있다. 시를 그림 보듯 할 수 있다면, 시 또한 만고(萬古)에 전할
수 있으리라."라고 읊었다. 동파가 한간의 십사마도(十四馬圖)
를 소재로 삼아 지은 시에, "한생이 그린 말은 실제의 말이고,
소자가 지은 시는 그림 보는 듯하다. 세상에는 백락(伯樂)도 없
으며, 또한 한생도 없으니, 이 시나 이 그림 누가 알 수 있으
랴."라고 하였으니 말은 비록 같지 않더라도 그 나타낸 내용은
같다고 할 수 있을 것이다.

총랑 홍간은 정승선이 지은 다음과 같은 시를 가장 좋아하였
다.

백화(百花)가 타는 듯한 아름다운 그 모습,
돌연한 광풍에 붉은 기운 줄었구나.
수달 골수약도 옥 같은 뺨 고치지 못하고,
오릉(五陵)의 공자(公子)들 속절없이 한탄한다.

이 시는 비록 오랫동안 여러 사람들 입에 오르내렸다고는 하
여도 음미할 만한 가치가 있다고 어떻게 말할 수 있겠는가?

근래에 풍주 땅에 이름난 기생이 있었는데, 서경존문사가 그

기생을 불러다가 관부(官府) 기적(妓籍)에 올려 놓으며 늦게 만
난 것을 매우 서운하다 하였다. 문종 때 학사 이개가 시를 짓고
이 시에 따라 기생으로 하여금 노래를 부르도록 하였다.

그 옛날 열다섯 살, 아름다운 시절 생각하니,
금비녀 머리 쪽지어 푸른 댕기 드리웠노라.
파리한 이 내 모습 생각하니 가엾구나,
이제야 막부에 와 기생 노릇 하게 되다니.

이 시도 정의 시와 비교해서 그렇게 떨어질 것이 없다. 고려
충렬왕 때 명신 장간공 장일의 〈승평연자루시(昇平燕子樓詩)〉는
이렇다.

바람과 달이 연자루에 처량도 한데, 낭관(郎官)은 한 번 가니
꿈속에서조차 아득하도다.
당시에 여기 앉은 손들 어이 늙음을 싫어하였는가,
누각 위에 가인(佳人)들 이제 모두 백발이 되었구나.

충렬왕 때의 문신인 밀직 곽예가 수강궁(壽康宮)에서 새매를
잃고 나서 시를 읊었다.

여름에는 서늘하게 하고 겨울에는 따뜻하게 해서 아름답고
살찌게 길렀더니,
어찌하여 구름 뚫고 날아가 돌아오지 않는가.
바다 제비는 한 알 곡식도 준 일이 없건마는,

해마다 돌아와 채석한 들보 옆을 지나네.

문인 문안공 이승휴가 구름에 관해 이런 시를 읊었다.

한 조각 구름이 홀연히 진흙에서 나타나,
동서남북 종횡으로 마음대로 다니네.
장맛비 이루어 메마른 풀 소생시킨다 하니,
공연히 중천에 뜬 밝은 해와 밝은 달을 가리누나.

밀직 정윤의가 안렴사에게 이런 시를 지어 주었다.

동틀 무렵 말을 달려 외로운 성 들어가니,
울타리는 떨어지고 아무도 없는 마을에,
살구 열매만 맺혀 있다.
뻐꾹새는 나랏일이 급한 줄을 모르는지,
종일 숲에서 밭을 갈라 울어 대네.

이상의 여러 시들은 매우 즐겨 칭송한 시이다. 그러나 장간공의 시는 옛날을 회상하고 느낀 것을 그대로 지은 것이며 딴 뜻은 없으나 다른 세 편의 시는 풍자와 야유가 함축되어 있다. 특히 정과 곽의 시는 미묘하거니와 완곡하다고 보겠다.

평보(平甫) 홍간이 쓴 시를 사람들 모두 현우(賢愚)의 구별 없이 즐겨하며 전하였다.
《논어(論語)》에는 고을 사람들이 모두 좋아한다 하더라도 옳

지 못하며, 모두 싫어한다 하더라도 옳지 못한 것이니, 착한 사
람은 이를 좋아하나 착하지 않은 사람은 이를 싫어함만 같지 못
하다고 하였다.

시문을 짓는 데도 그러하거늘 다를 수는 없을 것이다.

옛사람이 이르기를, "시는 만고에 유명하게 할 수는 있으나
그렇다고 머리 끄덕여 공감하게 하기는 불가능하니 사방에 같
이 앉아 있는 사람들을 놀라게 할 수 있으나 홀로 앉은 이에게
꼭 알맞은 시는 불가능하다."고 하였는데, 실로 명언이다.

월암의 〈장로산 입마시(長老山立馬詩)〉를 보면 옛사람의 시어
를 많이 따서 윤색하였으니 예를 들면,

남쪽 수곡(水谷)에 오니 어머님 생각 오히려 나고,
북쪽 송경에 가니 다시 임금님 그리워라.
일곱 역 지나 두 강 모두 건너와 노새는 작아지니,
보따리가 구름처럼 가볍지 않음을 무심코 탓하노라.

라고 한 시는 형 공의 다음 시에,

어머님 한구(邗溝) 위에 모셔 놓고,
집은 백저(白苧) 응달에 두었네.
밝은 달밤에 두견새 소리 들으니,
남북 양쪽 모두 마음이 걸리네.

를 본뜬 것이다. 또 다른 예로,

백악산 앞 버드나무를 안화사로 옮기니,
봄바람 할 일이 많은지,
한들한들 또 불어온다.

라고 읊은 시는 양거원이,

언덕 길 버드나무는 연기처럼 늘어지고,
말 세워 그대 빌어 한 가지 꺾었네.
봄바람 그를 아껴 차마 가지 못하는지,
은근히 다시 불어 손 안에서 속삭이네.

라고 읊은 시를 본뜬 것이다.

금나라 말 시인인 양비경이 단풍나무로 소재를 삼아 시를 지어, "바다 노을은 비도 아니오니 수풀 위로 돋아나고, 등불은 바람 없어 나무 끝에 타는구나."라고 지은 시를 보고 문진공 이장용이 또한 이르기를, "폐원(廢院)이 아련하니 가을 생각 괴로우며, 야산(野山)은 당돌하게 석양이 밝았구나."라고 읊으니, 양비경이 이 시를 보고는 탄복하여 무릎을 꿇었다 한다.

문진공(文眞公)이 삼각산 문수사를 읊은 장편시에, "말이 뜸해져 이지러진 달은 사립문 깊숙이 들어오고, 오래 앉았노라니 미풍에 높이 솟은 잣가지 흔들리고 있구나."라는 시의 구절은 산중 아취를 깊이 깨달았다고 하겠다.
또 한 구절을 보면, "염불과 종소리에 함께 한 등불이 붉게

켜 있다."고 하였으니, 이것은 나(羅)씨의 〈노사(路史)〉에 기록된 "어떤 사람이 불씨를 그 집안에서 오세(五世)까지 꺼뜨리지 아니하고 전해 왔으니, 그 불빛의 붉기가 정말 피와 같았다."고 하는 고사(故事)에서 장명등(長明燈)이라는 것을 문진공이 인용한 것이다.

문의공 박항이 지은 시는, "대낮에 얕은 산 소낙비 쏟아지니, 옛 성터에는 뿌연 먼지로 무지개 되어 있네."이다.

문성공 안향의 시는, "새벽 비에 들판의 파릇한 풀 가득하고, 비둘기 한 마리 날아오르니, 봄바람에 꽃봉오리 활짝 핀 성터 길로, 한 필 말에 올라 내려간다."이다.

밀직사(密直使) 김이는, "조각 구름 검은데 어느 산에 비내리나, 향기로운 풀잎 푸르니 종일 바람이 불어오네."라고 한 것은 모두 다 아름다운 글귀들이다. 다만 전편(全篇)을 보지 못하는 것이 유감스럽기만 하다.

산인(山人)인 오생이 지은 〈황산강루시(黃山江樓詩)〉의 마지막 시구에는, "누워서 들으니 어부들이 배 저으며 하는 말, 붉은 먼지에 말달리는 사람들은 우리 부류 아니다."는 말이 있으며, 소동파의 〈어부사(漁父詞)〉를 보면, "강나루에 말 타고 온 관리 하나가, 나와 더불어 쪽배 타고 남쪽으로 강을 건너네."라고 하였다.

소동파의 시구가 마치 용이 자고 있는 그림에서 이광이 호아(胡兒)의 활을 뺏어 세게 당기기만 하고 쏘지 않은 모양이라면 오생은 달리는 말을 쫓아서 쏘아 맞힌 그림을 그렸다 하겠다.

탄지는 과거에도 합격하였으며, 시를 잘 짓기로도 유명하였
는데, 그 뒤에 출가하여 중이 되었으며, 호를 취봉이라고 불렀
다. 떨어지는 배꽃을 보고 지은 시가 있는데, 그 시의 내용은
다음과 같다.

백만 옥룡(玉龍)들이 구슬을 다투는데,
바다 밑 물귀신〔陽侯〕은 떨어진 비늘 줍고 있네.
아무도 모르게 봄바람에게 주어 꽃시장에 내려가니,
봄의 신경〔東君〕은 이 티끌을 세상에 쉽게 흩으리라.

이 시는 시골 학생들의 시와 같다 하겠다.
충렬왕 때 학자인 문정공 김구 또한 떨어지는 배꽃에 관해 시
를 지었다.

하늘하늘 춤추며 날다가 돌아서 오며,
거꾸로 불려서 다시 나뭇가지 사이에 올라붙어 피려는 듯,
무단히 한 조각 거미줄에 걸렸더니,
때마침 거미란 놈 나비로 알고 잡으러 나오네.

작가가 시를 쓰는 수법은 정말 각자가 다르다고 하겠다.

세상 사람들이 이렇게 말하였다.
"강일용 선생이나 고려 문종 때 문인인 임유정 제주는 다같
이 백가(百家)의 시체(詩體)에 매우 능하다."
강 선생의 시는 보이지 않고 임 제주의 시집만이 발간되었으

니 그것은 홍곡(鴻鵠)과 가계(家鷄)를 비교하는 소동을 면할 수 없는 바가 되었다고 할 것이다.

　최근에 와서 최집균이 시구를 모아 만드는 데 재주가 있었으니 비록 장편시나 힘든 운도 붓을 달려 금방 만들어 놓는데, 보는 사람이 놀랄 지경이었다. 예를 들면,

흰 철쭉이 붉은 철쭉과 섞여 있고,
노란 장미는 자줏빛 장미꽃과 마주 서 있다.
투계장 안에서 닭들이 싸우는 것을 구경하고,
귀안정 앞에서 기러기 돌아감을 전송한다.
물빛이 푸르고 붉으니 무지개 끊어지지 않고,
구름빛 검고 희니 비는 겨우 그쳤구나.
약포에 달팽이 침이 잎에 흘러 축축하고,
밤숲 가시에 매미 허물 말라 있네.

라고 한 시구는 대우(對偶)가 절묘하니 가사만 지었다 하더라도 반드시 이보다 더 잘 짓지는 못할 것이다.

　고려 의종 때의 문인 서하 임춘이 꾀꼬리 소리를 듣고 이런 시를 지었다.

농가에 오디는 익어가고 보리는 마르는데,
녹음 우거진 나무에서 처음으로 꾀꼬리 소리 들린다.
낙양의 꽃 아래 놀던 손을 알기라도 하는 듯이,

은근히 울고 울어 그칠 줄을 모른다.

또한 고려 때 문신인 문청공 최자는 밤에 숙직을 하다가 채진봉에서 학이 우는 소리를 듣고 이와 같은 시를 지었다.

끝없는 하늘에 구름 한 점 보이지 않고 달은 정녕 밝기만
하구나.
소나무 둥지에 잠자던 학도 맑은 달빛 이기지 못하고,
온 산에 짐승과 새들도 그 소리를 못 듣는데,
홀로 성긴 날개를 퍼덕여 한밤중에 우는구나.

이 두 편의 시는 모두 불우한 환경을 감상하여 지은 것이다. 문청공의 시는 기절(氣絶)이 강개(慷慨)하여 임서하의 시와 비할 바가 못 된다.

고려 신종 때 문장가 정언(正言) 진화가 버드나무를 읊은 시에 이러한 것이 있다.

봉성 서쪽 밭둑에 만 가지 금빛 버들,
봄 근심 묶어서 어둔 그늘 이루었네.
햇볕과 바람이 끝없이 쏟아져 내리며,
연기와 비를 끌어 깊은 가을 이르렀도다.

그 정경과 운치가 물이 흐르는 듯 아름답지만 그러나 당나라 이상은이 지은 버드나무 시〔柳詩〕를 보면,

일찍이 봄바람은 춤자리를 휩쓸면서,
쾌청한 정원에 즐거운 놀이로 하루하루 애가 타네.
가을철 오는 것은 어찌 받아들여,
이미 석양에 매미 또한 울고 있다.

라 하였다. 아마도 진 정언이 지은 시는 이 시를 모방한 것 같
다. 산곡이 말하기를,
"다른 사람을 좇아서 계획을 세우면 끝내는 다른 사람에 뒤
떨어지며, 스스로 일가를 이루게 되면 언젠가는 핍진(逼眞)하게
되는 것이다."
라고 하였다. 과연 믿을 만하다

옛 사람들이 역사를 시로 옮겨 읊은 작품이 많은데 그러나 쉽
게 그 사실을 알아내고 쉽게 싫증을 내는 시는 그 사실을 곧바
로 서술하기 때문에 새로운 의미가 없어지는 것이다.
항상 두목의 적벽시(赤壁詩)를 사랑하였는데, 그 시는, "부러
진 창 모래에 묻혀 반이 성해, 갈고 씻어 옛 위력을 살펴보네.
동풍이 주유를 돕지 않았다면, 동작대 깊은 봄은 이교(二喬)를
잠갔으리."이다.
오강정에서 지은 시는, "병가(兵家)에서는 이기고 지는 일을
기약할 수 없으니, 수치를 참고 견디는 이 바로 남아(男兒)이리
라. 강동 많은 젊은이들 재주 있고 준수하니, 세력 다시 일으켜
올지 모르겠구나."이다.
운몽택의 시는, "해와 용을 그린 천자의 깃발 저 멀리 나부끼
듯 하고, 한 개의 포승으로 초나라 왕을 묶어 공이 높구나. 설

사 범려[1]처럼 표연히 오호(五湖)로 갔다 하더라도, 시종일관한 당나라 곽분양을 따르지 못하리."이다.

도화부인묘(桃花夫人廟)에는, "세요궁 안의 복사꽃 이슬 머금어 새로워라, 묵묵히 말없이 몇 년 봄을 지냈느뇨. 식후(息侯)가 망함으로 인하여 일어난 일이니, 금곡원 누각에서 떨어진 석숭의 아내처럼 가엾기도 하구나."이다.

당언겸의 중산시(仲山詩)는, "천고에 외로운 무덤 칡덩굴이 덮여 있고, 패중(沛中)의 고향 마을인 한나라의 산하에는, 한고조의 장릉 또한 쓸쓸한 구릉(丘陵)이 되었도다. 이제 그 누가 중산(仲山)의 많은 무덤 중에 한고조의 것을 알 수 있겠는가."이다.

남송 때 장안도의 가풍대(歌風臺) 시는, "넋 잃었던 유랑[2]이 황제가 되어 고향에 돌아와, 술동이 앞에 놓고 강개(慷慨)하여 대풍시(大風詩)를 읊었나니, 한신·팽월을 죽여 젓 담그고 소하는 잡아 가두더니, 또다시 많은 맹사(猛士) 구한다고 하였네."이다.

송나라 유공부가 새상(塞上)에서 읊은 시는, "자고로 변방에서 조그만 공(功)을 인연하여, 아첨하여 총애받아 봉후(封侯) 되기 원하는 자 많구나. 그들에게 제후의 황금인(黃金印)을 곧바로 내주어서, 전쟁터에서 죽은 많은 사람의 해골들이나 아낄 것을."이다.

송나라 정치가 왕개보는 장량(張良)에 대하여, "한나라 왕통의 존망은 그 몸짓 가운데 달렸으니, 유후[3]는 이럴수록 매우 착

---

1) 중국 춘추 시대의 공신.
2) 유방. 중국 한나라의 초대 황제.
3) 장량.

하였네. 고릉(固陵)에서는 이제야 한신과 맹월이 봉후할 땅을 의논하니, 궁궐 내에서는 옹치(雍齒)의 봉후함 또한 도모하였네.”라고 읊었다.

한신에 대하여는, “가난하였을 때는 모욕도 당하고 부귀할 때는 교만도 피웠었지. 공명을 가졌으니 다시 미천해질 리 없거늘, 장군이 북면하여 항복한 오랑캐를 스승으로 한다는 말은 인간 세상에서 오랫동안 없었으니.”라는 시가 있다. 이것은 선가(禪家)에서 말하는 이른바 활롱어(活弄語)라는 것을 뜻한다.

이은대·이문순 공의 역사상의 일을 읊은 시가 수십 편이 있지만 이를 요약하면 호증(胡曾)과 백중(伯仲)한 것이다.

후주(後周)의 사신 쌍기가 우리나라에 와서 예의를 갖추어 방문하였다. 광종은 표문(表文)을 쌍기에게 보내어 우리나라에 머물도록 청하고 은총을 베풀어 대우함이 극진하였다.

성종 때 문신 중승 최승로가 상소를 하니 그 내용은, “비록 우리나라가 중화(中華)의 풍속을 사모한다 하나 중화의 영전(令典)은 들어오지 않았고, 중화의 선비를 쓰려 하지만 중화의 큰 선비는 얻지 못하였다.”고 하였다. 이는 아마 쌍기를 두고 한 말일 것이다.

주저나 호종단은 모두 민(閩) 땅의 사람이었다. 현종 때 북조(北朝)와 내왕하게 된 문서는 주저가 찬(撰)한 것들이 매우 많았다. 호종단이 인종에게 올린 글이 있으니 박흡(博洽)하기가 주저에 미치지는 못하지만 청초하여 스스로 기쁘다. 또한 매우 총민하여 여러 가지 기예(技藝) 또한 아울러 정통하였다. 그러

므로 어느 누가 낫다고 할 만한 근거는 아직까지 아무도 분명히
판정하지 못하였다.

시중 김인존이 지은 〈청연각기(淸讌閣記)〉가 송나라 서긍이
사신으로 와 보고 들은 것을 지은 《고려도경(高麗圖經)》이라는
책에 실려 있는데, 우아한 것이 덕 있는 사람의 말이었다.
문열공 김부식의 〈혜음원기(慧陰院記)〉나 귀신사 그리고 각화
사 비문 등과 문숙공 최유청의 옥룡사 비문 등의 글은 겉치레를
꾸미지 않고 일가를 이루었다.
김부식의 아우 추밀 김부철의 〈문수원기(文殊院記)〉나 김부식
의 손자 장원 김군유의 송광사 비문 또한 즐겨 읽을 만하다. 그
러나 그들은 번거로운 말로 사용한 것이 매우 애석하다.
정당 윤언이는 선학(禪學)에 조예가 깊어서 그가 지은 운문
(雲門)의 원응국사 비문은 깊게 그 이치를 파고들었음을 나타내
고 있다. 사간 정지상이 노장(老壯)의 학문을 따르더니, 동산진
정 선생의 비문을 지었는데, 속세와 완연히 떨어진 선경(仙境)
의 생각을 나타낸 것이다.

요인(遼人)들이 압록강을 건너 들어와 경계(境界)를 정하려
할 때 참정 박인량이 진정표(陳情表)를 내보이면서 "온 천하가
왕의 산하와 왕의 땅이 아닌 것이 없으며 얼마 안 되는 나머지
땅을 가지고 내 땅이니 내가 다스리겠다고 어찌 말할 수 있겠느
냐?"고 말하였다. 또한 말하기를 "노나라 희공께서는 계우에게
문양 옛 땅을 주어 폐지된 고을을 어루만져 안정시키도록 하였
으며, 장사왕은 소매를 나부끼며 졸렬하게 손뼉을 치고 춤을 추

면서 땅이 좁으니 그럴 수밖에 없었다고 한 말에 한나라 왕이 봉읍(封邑)을 주어 넓혔다 한다."고 하였다. 요나라 황제가 이 것을 듣고 그 의논을 덮어 두었다.

형 공이 일찍이 한 구절의 시를 지어 읊기를 "공(功)은 한나 라 재상인 조참을 따르는 듯하니 감사하고, 은혜는 곽외에서부 터 시작된 듯하니 부끄럽다."고 하니, 어느 사람이 곽외의 고사 속에 은(恩) 자가 있느냐고 물었다. 이에 한퇴지의 시구를 보면 "은혜를 갚으려 하니 곽외로부터 시작된 것이 매우 부끄럽다." 고 하였다 하니 그 사람이 이에 승복(承服)하였다고 한다.

박인량이 말한, 얼마 안 되는 나머지 땅은 반드시 내 땅이므 로 내가 다스려야 한다는 말도 어찌 또한 특별히 낫다고 할 수 가 있겠는가?

"유분이 과거에 급제하지 못하였거늘 우리가 과거에 합격하 다니〔劉賁不第我輩登科〕"라는 구절에 대하여 "옹치 또한 제후가 되었거늘 하물며 우리에게 무슨 걱정이 있으랴〔雍齒且後吾屬無 患〕"라는 구절이 있고, "내가 위징을 보았을 때 몹시 아름다웠 다〔我見魏徵殊嫵媚〕"라는 구절에 대하여 "사람이 노기를 정말 간사하다."고 한 구절이 있다.

문장에는 예로부터 대구(對句)가 없지는 않았으나 이를 사용 하는 것에 따라서 실상(實相)을 잃어버리고 사용한다면 어찌 숭 상할 만한 것이라 할 수 있으랴.

임종비가 학사 권적계에게 준 글을 보면 배를 타고 중국에 가 보니, 북방 학자 중에 이보다 앞선 이가 없었으며, 비단옷을 입 고 고향 찾아오니 동도(東都)의 주인이 이를 감탄하였다고 하였는데, 최 문청공이 이르기를 송은 서쪽에 있는데 북방이라 한 것은 잘못된 것이라고 하였다.

원나라 세조가 아리발가(阿里勃哥)를 평정하였을 당시 충렬왕 때의 문신 문정공 김구가 하례(賀禮)하는 표문(表文)을 올려 이르기를, "놀라고 분노하여 군사를 정비하시와 주 무왕이 은나라를 정벌할 때 황금 도끼, 흰 깃발을 휘날렸듯이, 이긴 위세(威勢)를 사랑하고 전공(戰功) 없음을 용서하셨네. 옛날에 진(晉)나라가 흰 옷에 붉은 바지를 입은 곡옥(曲沃)의 제후를 단칼에 쳐 버리듯 아리발가를 평정하셨네."
라고 찬하니, 한림학사 왕백일은 그 글을 교묘하다고 거듭 칭찬하였다.

세조가 이미 천하를 통일하고 나서 유아(儒雅)한 선비를 등용하게 되니 헌장(憲章)이나 문물(文物) 전부가 중화(中華)의 모습으로 회복되었다. 문정공이 또 표문을 지으며 한 구절을 생각하니, "천하를 어찌 말 위에서 다스릴 수 있는가, 다시 문명교화(文明敎化)를 밝히셨도다."라고 말하였다. 그러나 그 대구를 세 번이나 고쳤고 끝내는 마음에 들지 않았다.

내가 뒤에 이를 따라, "강남은 주머니 속의 물건과 똑같은 것이니, 이제 곧 통일의 시기가 보이노라. 천하를 어찌 말 위에서 다스릴 수 있겠는가, 다시금 문명의 교화를 밝히셨도다."라고 대구를 만들었다. 강남이 주머니 속의 물건과 같다고 한 글귀는 《통감(通鑑)》에 나오는 이곡의 말을 인용한 것이라 하겠다.

당나라 양사복이 문생(門生)들을 데리고 자기 집에서 선복야

(先僕射)를 위한 연회를 베풀었다.

좌객 중에 양여사(楊汝士)가, "문장의 옛 가치는 천자 옆에〔鸞掖〕 머무르며, 복숭아 오얏나무〔새로 나온 문사〕 새 잎이 뜰〔鯉庭〕 안에 우거졌네."라고 읊었다.

오대(五代) 시절 마예손이라는 사람이 문생(門生)을 인솔하고 시험관 좌주(座主) 배고 댁에 갔더니 그 배 공이 시를 지어 말하기를, "세 번 예위(禮闈)를 주관하니, 나이가 80이라, 문생의 문하(門下)에 또 문생을 보는도다."라고 하였다.

고려에서는 시험을 관장하는 사람을 학사라 불렀으며, 그 문생은 이를 은문(恩門)이라 일컬었다. 또한 문생과 좌주의 예의는 보다 엄중하였다. 학사에게 부모가 살아 계시거나 좌주가 있을 때에는 합격자 발표가 되면 반드시 공복(公服)을 갖추고 찾아가 뵙는데, 문생들이 줄을 지어 따라가게 되며, 학사가 앞에서 절을 하고 문생들은 뒤에서 절을 한다. 여러 손님들은 아무리 존장(尊長)이라도 모두 마루에서 내려와 뜰에 서서 예를 마치는 동안 기다렸다가 서로 읍양(揖讓)한 후 올라가서 차례로 절하고 축하한다. 그러고 나서 학사가 자기 집에 여러 손님들을 초청하여 술잔을 올리고 장수함을 칭하(稱賀)한다. 이것은 아마 양사복과 배 공의 고사를 본받은 것이라 하나 번거로운 수식〔禮文〕은 그보다 더하다 하겠다.

연우 경신년에 내가 외람되게 고시관에 임명되었다. 그때 선군(先君)의 연세가 77세였으며 대부인(大夫人)의 연세는 70으로서 모두 건강하시었다. 지금의 정승 권국재 공이 내 등과(登科) 때의 지공거였으며, 동지공거는 열헌 조간 공이었고, 성균시 시관은 정선 공이었는데, 세 분 좌주가 모두 병이 없었다.

이에 돌아가면서 찾아뵙고 초대하였다. 나는 국재와 또한 사위의 관계로 변국대부인도 수레를 타고 나란히 같이 오니 사람들은 과거가 생긴 이래로 일찍이 없었던 일이라고 하였다.

저헌 윤혁의 축하시는 이러하다.

한 잔치에 세 좌주가 함께 즐기니,
네 잔 술이 가지런히 양가(兩家) 어른께 송수(頌壽)하누나.
앞뒤에는 벽제(辟除) 소리로 선관(蟬冠) 쓴 고관(高官)을
옹위하며,
남북에서 맞는 봉황 수레 분주하기만 하구나.

6년 뒤에 국재(菊齋)의 맏아들 정승 길창 군이 또한 지공거로 임명되었는데, 양친을 모시고 이를 경하하는 자리에서 보매 형제와 생질, 사위가 모두 다 고관귀척(高官貴戚)으로 앞뒤에서 부축 옹위하니 광채가 길에 가득하게 되었다.

저헌 윤 공이 또 축하시를 지었으니,

성대한 일이 온 거리를 그림으로 꾸몄으니,
아름다운 이야기는 모든 집안의 등불을 돋우게 하네.
아무도 사람 속의 부처라 말하지 않는 이 없으니,
노정승(老政丞)인가, 젊은 정승인가?

라고 하였다. 당시의 일을 간단히 잘 묘사하였다고 하겠다.

선군(先君)은 3형제이셨다. 조모 김씨는 매우 성격이 엄하여 친히 서사(書史)를 가르치셨으며, 백부와 계부는 불행히도 일찍

세상을 떠나시어 선군만이 홀로 연세가 팔순에 이르렀다. 자질 (子姪)들을 가르치고 기르시며 이어받은 가업을 보전하였다.

백부의 아들인 내서사인(內書舍人)의 이름은 전이라 하며, 성 균시와 예위시에 모두 장원하였다. 그의 동생인 덕원 목사의 이 름은 규라 하고, 계부의 아들은 지금 첨의평리(僉議評理)로 이 름은 천이라 하며, 내 가형(家兄) 이암 공과 나 또한 모두 다 성 균시에서 장원 급제하였다.

이에 민묵헌이 선군(先君)을 축하하여 시를 지었으니,

세 집에서 다섯의 장원 급제가 나왔으니,
사람들은 모두 이태백의 재주라고 말하는구나.
공(公)의 적선함이 진정 벗할 이 없으니,
다만 홀로 해마다 축하의 연석(宴席) 베풂을 보도다.

라고 하였다.

내서사인에게는 아들이 없고, 덕원 목사의 아들은 아직 과거 에 급제하지 못하였다. 다만 첨의평리의 아들인 달중과 배중 그 리고 내 둘째 아들인 달준만이 과거에 합격하였다. 달준은 학문 을 좋아하여 자못 시배(時輩)들의 추중(推重)하는 바가 되더니, 나이가 30이 채 못 되어서 죽어 버리고 말았다. 그리하여 후사 (後嗣)를 이어가기 어려움을 생각할 때마다 나도 모르게 눈물이 흘러내리는 것을 어찌할 수가 없다.

작품 해설

고려 충렬왕 때 문신이자 학자인 익재 이제현의 수필집이다.

이제현은 고려 말기의 대정치가이며 문장가이고 학자이다. 충렬왕 13년, 즉 1287년 경주에서 정승 진의 아들로 태어났다. 자는 중사, 호는 익재로, 어려서부터 성품이 영특하여 집안 어른들의 촉망이 컸다. 15세에 성균시에 들고, 22세 때 예문춘추관에 뽑혀 문명(文名)을 날렸다.

한때 원나라가 우리나라에 고려라는 국호를 없애고 한 행성(行省)을 두기로 결정한 일이 있었다. 이 때 이제현은 원나라의 도당에 글을 보내 그 부당함을 통쾌하고도 명백하게 지적하여, 그 야망을 봉쇄했다. 만약 익재 이제현이 아니었더라면 우리나라는 중국의 일개 행정 구역에 편입되어 우리의 역사는 말살되었을지도 모른다.

또한 충선왕이 원나라에서 토번이라는 먼 곳으로 귀양갔을 때, 그는 원나라의 요로에 글을 보내 왕을 풀어 줄 것을 호소했다. 그 글의 뜻이 슬픔과 충성과 분노로 가득 차 있어서 사람의 가슴을 감동시키는 바 있었다. 그 때문에 충선왕은 좀더 가까운 곳으로 옮겨졌다고 한다.

또, 멀고 험난한 길을 마다하지 않고 적소에 가서 충선왕을 뵙고 위로했으며, 충혜왕이 간신들의 모함으로 원나라의 의심을 받고 원나라로 불려가게 되었을 때에는 너무도 분격해서, "나는 내가 우리 임금의 신하인 것을 알 뿐이다" 하고 원나라에 수행하여 몸을 돌보지 않고 악당의 무리 속에 뛰어들어 문필을 휘둘러 싸워 드디어 오해를 풀게 했다. 그러나 갈수록 정계가 혼탁해지자 마침내 1340년 산수 속에 잠적하여 《역옹패설》 4권을 썼다.

공민왕이 즉위한 뒤에 즉시 귀국하지 않고 원나라에 머무르면서 이제현을 도첨의정승에 임명하고 권당정동성사라는 직책을 주어 사실상의 왕권을 대행하게 하기도 했다. 그는 적절하고 과감한 행정을 시행하여 국왕이 부재중인 국정을 훌륭하게 처리했다. 후에 조일신·신돈 등이 국왕을 현혹하고 정권을 농간하자 다시 관계를 떠나 은퇴해 있다가 공민왕 16년인 1367년, 81세로 세상을 떠났다. 그는 고려 말의 문인들 가운데 외교와 정치의 능력이 가장 뛰어난 인물이었다.

이러한 익재 이제현의 수필집이 바로 《역옹패설》이다. 이 수필집은 그의 나이 56세, 인생과 문학이 모두 원숙한 때의 작품이다. 내용은 역사책에 나오지 않는 이문(異文)·시문(詩文)·기사(奇事)·인물평·경론·서화 품평 등과 자신의 시문 약간과, 끝에 목은 이색이 쓴 묘지명 등으로 되어 있다. 다시 말해 《역옹패설》 속에는 역사의 이야기가 나오고, 경사(經史)의 견해가 나오고, 왕가의 혈통이 나오고, 저명한 벼슬아치들의 언행을 이야기하는가 하면, 해학이 나오고 시문의 평론이 나온다.

평론에 있어서 《역옹패설》은 역사·인물·경전을 논하고, 아울러 시문·서·화를 비평하고 있어서 고려 말기의 비평 문학을 대표하고 있다. 그가 고려 문단에서 말기의 인물이고, 시(詩)·사(詞)·문(文)의 대가였으며, 경(經)과 사(史)에 능통한 문호였기 때문에 그의 시문 평론은 우리 문학사상 중요한 위치에 있다. 특히 그는 문학의 영원성과 보편성을 가장 강조한 사람이었다.

대체로 고려 시대의 비평 문학은 이른바 용사(用事)와 신의(新意)의 논쟁이요 대결이었다. 《역옹패설》에서도 용사에 관한 언급이 많이 나온다. 아울러 남의 시를 혹평하지 않았다는 특징도 있다.

《역옹패설》은 그야말로 아무런 구애도 받지 않고 일정한 주제도 없이 자유자재로 쓰고 싶은 것을 쓰고 말하고 싶은 것을 말한 수필이다. 우리는 여기에서 인간 익재의 체온을 느끼고, 문장가 익재의 향기를 맡을 수 있으며, 익재의 참모습과 만날 수 있다. 그래서 《역옹패설》은 더욱 소중하다.

한편으로 그는 백이정에게서 정주학을 배워 우리나라 성리학의 선구자적 공적을 남겼다. 그래서 목은 이색은 묘지명에서 익재를 가리켜, "도덕의 으뜸이요 문장의 종장(宗匠)"이라 했고, "공덕은 사직에 머물러 있고 은택은 백성들에게 흘러내리네."라고 극찬했다.

그의 저서로는 《역옹패설》 4권, 《익재난고》 10권, 《습유》 1권이 전한다.

끝으로 《역옹패설》의 이름을 어떻게 읽을 것인가에 대하여 부언하기로 한다. 그 서문에 '櫟之從樂 聲也'라고 했다. 우리는 '聲也'라는 말을 '발음한다'는 말로 풀이한다. 오랜 세월 동안, 또 많은 이들이 '역옹패설'이라고 부르고 있지만 '낙옹비설'이라고 읽는 것이 옳다고 본다.

작가 연보

1287년   충렬왕 13년에 출생. 자는 중사(仲思), 호는 익재·
          역옹·실재이며, 본관은 경주. 아버지 이진은 검교
          정승의 벼슬에 올랐음.
1301년   15세의 나이로 성균시에 1등으로 합격한 데 이어 문
          과에도 합격함. 권보의 딸과 결혼.
1303년   권무봉선고판관과 연경궁녹사 등을 역임.
1308년   예문·춘추관에 등용되고 제안부직강을 역임.
1309년   사헌규정에 발탁.
1310년   선부산랑 재직.
1311년   전교사승·삼사판관 등을 지냄.
1312년   서해도안렴사에 선발.
1313년   내부부령, 풍저감두곡을 거침.
1314년   백이정의 문하에서 정주학을 공부. 이 해에 충선왕
          의 부름을 받아 원나라의 수도 연경으로 가서 원나

라의 학자인 조맹부 등과 교유.

1316년 충선왕을 대신하여 서촉 아미산에 다녀옴. 진현관제학이 됨.

1319년 충선왕을 수행하여 중국 강남 지방을 유람.

1320년 원나라에서 귀국. 지밀직사사에 올라 단성익찬공신이 됨. 이 해에 충선왕이 모함으로 유배되자 왕을 위로하고 원나라에 그 부당함을 밝힘.

1323년 충선왕이 유배지에 풀려남.

1324년 광정대부밀직사사에 오름.

1325년 첨의평리·정당문학에 전임되어 재상의 지위에 오름. 김해군에 봉해짐.

1336년 삼중대광으로 영예문관사에 오름.

1339년 원나라에 가서 충혜왕을 변호하고 돌아옴. 하지만 소인들에게 몰려 은퇴함.

1340년   《역옹패설》 4권을 씀.

1343년   원나라 사신이 왕을 잡아가자 사면을 요청함.

1344년   충목왕이 즉위하면서 정계에 복귀. 판삼사사에 복
         직, 서연관이 됨.

1348년   충목왕이 죽자 공민왕을 추대하다가 원나라의 반대
         로 실패함.

1351년   공민왕이 즉위한 뒤 우정승·권단정동성사를 거쳐
         도첨의정승을 지내며 공민왕의 개혁 정책을 적극적
         으로 수행.

1352년   동덕협의찬화공신에 오름.

1353년   벼슬에서 물러남.

1354년   우정승이 됨.

1356년   문하시중에 오름.

1357년   왕명으로 실록을 수찬.

1362년   홍건적의 침입 때 왕을 청주로 호종, 계림부원군에
          봉해짐.
1365년   문하시중에 오름.
1367년   공민왕 16년에 81세를 일기로 사망. 경주 귀강서원
          과 금천 도산서원에 제향되고, 공민왕 묘정에 배향
          됨. 시호는 문충.
          주요 저서에 《익제난고》·《익재집》·《역옹패설》·
          《효행록》 등이 있음.

백운소설

우리나라 동방이 은태사(殷太師)[1]인 기자가 동쪽에 봉해졌을 때부터 비로소 문헌이 나오기 시작하였으니 그 동안의 작가들에 대해서는 너무 오래 되어 알기가 어렵다. 야사인 요산당의 《외기(外紀)》[2]에는 을지문덕 장군의 공적이 자세하게 기록되어 있고, 또 그가 수나라 장수 우중문에게 보낸 오언시(五言詩) 네 구절에 이렇게 써 있었다.

귀신 같은 책략은 천문을 연구하였고,
묘한 꾀는 지리를 연구하였다.
싸움에 이겨 그대의 공이 높았으니,
만족하다면 싸움을 그쳤으면 좋겠구나.

---

1) 중국 고대 왕국 하 · 은 · 주의 3대 중, 기자가 은나라의 태사를 지낸 데서 나온 것임. 태사는 삼공의 하나.
2) 이규보 시대의 야사로, 전해지지 않음.

시를 쓰는 법이 기이하고 예스러우며, 아름답게 깎아 꾸미려고 한 것은 없다고 하겠다. 을지문덕 장군은 고구려 때 대신(大臣)으로 후세의 분별 없는 사람들이 어찌 감히 따라갈 수가 있겠는가.

신라 진덕여왕의 〈태평시(太平詩)〉가 《당시류기(唐詩類紀)》에 실렸으니, 그 시가 고고하고 웅혼하여 당나라 초엽의 모든 명작들에 비하여도 서로 우열이 없다. 이 때에 동방에 문풍(文風)이 성행하지 못하고 을지문덕의 한 글귀 외에는 들을 수가 없었는데, 여왕이 이에 그러하니 또한 기이한 일이다.

대당(大唐)이 큰 업을 열었으니 높고도 높다.
성황(聖皇)의 꾀가 창성함이여,
간과(干戈)를 고치며, 전복(戰服)을 멈추었고,
문행을 닦아서 백대 임금을 잇는다.
하늘을 거스려 비 내림을 숭상하고,
만물을 다스려 밝은 법이 있음을 체험하였다.
어진 마음이 깊으니 일월과 화합하고,
천운을 어루만져 때의 태평을 보낸다.
드날리는 깃발이 이미 혁혁하였으니,
울리는 징과 북이 어찌 번쩍번쩍할까.
바깥 오랑캐의 명을 어기는 자는,
멸망하여 하늘의 재앙이 있으리로다.
화창한 기운은 우주에 어리었고,
먼 데나 가까운 데나 다투어 상서를 바친다.

사시에 옥촉(玉燭)을 고르고,

칠요(七曜)는 만방을 돌아간다.

숭고한 뫼〔岳〕에서는 재보(宰輔)를 내리고,

오직 임금은 충량(忠良)을 썼다.

삼황(三皇)과 오제(五帝)가 다한 덕이니,

소소히 황실 당(唐)에 실렸도다.

상고하여 주하였으니, 영휘 원년[1]에 진덕이 백제의 무리를 대파하자, 곧 비단을 짜면서 오언(五言)으로 태평시를 지어서 드렸다 한다. 살피건대 영휘는 곧 당나라 고종의 연호이다.

고운 최치원[2]은 전대에 들어 보지 못한 큰 공을 세워 파천황(破天荒)[3]의 동방 학자들이 그를 다 같이 높이 받들었다. 그의 작품의 비파행(琵琶行)[4] 한 수(首)는 당나라 시가집인 《당음유향(唐音遺響)》에 무명씨 작으로 수록되었다. 그 후 작자의 진위에 대해서는 미정이었는데, 어떤 사람은 그 시에 동정월락고운귀(洞庭月落孤雲歸)[5]라는 글귀를 가지고 그것이 최치원의 글이라고 증명하였지만 이것 역시 단안을 내리기가 힘들다.

토황소격(討黃巢檄)[6] 같은 것은 사적(史籍)에 기록되지 않았

---

1) 650년.

2) 신라 말기의 학자. 12세 때 중국에 건너가 급제. 〈토황소격문〉으로 이름 높음. 시호는 문창후로, 문묘에 배항함. 《계원필경》이 전함.

3) 이전에 아무도 하지 않은 일을 함.

4) 당나라 시대의 새 악부 이름. 백거이의 것이 유명함.

5) 동정호에 달은 지고 외로운 구름은 돌아감.

6) 당나라 희종 때 난을 일으킨 황소를 토벌하기 위한 격문. 최치원이 지었음.

지만, 소(巢)가 "천하의 모든 사람들이 다 보는 가운데서 죽이려고 하고, 보이지 않는 땅 속의 귀신까지도 죽이려고 음모하였다."는 데에까지 읽고는 자신도 모르게 자리에서 떨어져 기(氣)가 꺾였다고 하였다.

귀신을 울리고 바람을 휘몰아치는 재주가 아니었다면 어찌 여기까지 이렇게 도달할 수가 있었으랴. 그의 시는 별로 높지 못하였는데, 그것은 만년기에 당나라 시가 중국에 들어간 뒤에 중국을 갔기 때문이었을까.

중국의 정사 《당서예문지(唐書藝文志)》[1]에는 최치원의 《사륙(四六)》 1권이 수록되어 있고, 《계원필경(桂苑筆耕)》[2] 10권이 간행되어 있는데, 나는 중국 사람들의 마음이 넓어서 외국 사람인데도 그것으로 경중을 가리지 않고 사서(史書)에 수록하도록 하고, 문집을 간행해 준 것을 가상히 여긴다.

그러나 《당음문예열전(唐音文藝列傳)》에는 최치원을 위해 그의 전기를 따로 만들어 주지 않는 것은 이해가 가지 않는다. 그의 사적(事蹟)을 전기(傳記)에 싣기가 부족하다면 치원이 12세에 바다를 건너 당나라에 가 수학하여 단번에 갑과[3]에 급제하고, 나중에는 고병의 부사가 되어 황소를 토벌하는 격문을 지어 황소의 기를 꺾었다.

후에 도통순관시어사[4]의 벼슬에 올랐고, 본국에 돌아와서는

---

1) 당서는 중국 정사(正史)의 하나로, 신서(新書) 두 종류가 있음.
2) 최치원의 문집. 20권이 전해지고 있음.
3) 당나라 과거의 하나인 명경과에 정도에 따라 갑 · 을 · 병 · 정 4등급으로 나누었는데, 이 중 갑과는 가장 어려운 것임.
4) 지금의 감찰 위원에 해당하는 벼슬 이름.

같이 급제하였던 고운(顧雲)이 〈유선가(儒仙歌)〉[5]를 그에게 지어 주었는데, 그 한 구절에 "12세에 배를 타고 바다를 건너와서, 문장은 중국을 감동하게 하였다."고 하였고, 그의 자서전에서도, "무협중봉(巫峽重峰)의 나이에 무명옷 입고 중국에 들어와서, 은하열수(銀河列宿)의 해에는 금의환향하였다."라고 하였다.

이것은 12세에 당에 들어가 28세에 금의환향하여 본국에 돌아왔음을 말한 것이다. 그의 사적(事蹟)은 이와 같았는데, 이것을 가지고 전기를 만든다면 말할 것 없이 《문예열전(文藝列傳)》에 실려 있는 심전기 · 유병 · 최원한 · 이빈 등의 반 장짜리 열전과는 거리가 있다. 외국인이기 때문이었다면 그의 작품이 이미 《예문지(藝文志)》에 실려 있을 것이다.

또 무사들의 전기를 집성한 《번진호용(藩鎭豪勇)》[6]에는 이정기 · 흑치상지 등은 다 고려인들인데, 제각기 그들의 전기를 써서 그들의 사적을 완비하여 기록하고 있다. 어찌해서 《문예열전》에만 치원을 위한 그의 전기를 따로 두지 않았을까? 추측해 보니 옛날 사람은 문장에 있어서 서로 시기하여 남을 헐뜯었는데, 치원은 외국의 보잘것없는 사람으로 중국에 들어와 당시 유명한 문인들을 능가하였다. 그래서 그 사실대로 전기를 쓴다면 그들의 시기를 사지 않을까 두려워서 생략한 것이리라. 그러나 나도 이것에 대해서는 확실한 면을 밝히지 못하고 있다.

삼한은 하[7]나라 때에 비로소 중국과 통하게 되었는데, 당시

---

5) 최치원의 학식과 인품을 높여 유선이라고 하여, 그를 위해 지은 시.
6) 중국 주변에 있는 속국의 유명한 무사들의 전기를 모은 책.
7) 우가 세운 나라.

의 문헌에 대해서는 듣지 못하였다. 수·당나라 이후에야 작자가 나오기 시작하였는데, 을지문덕 장군이 수나라 장수인 우중문에게 보낸 시와 신라 여왕이 당나라 임금에게 바친 송시(頌詩) 등이 기록되어 있으나 그 수가 너무 적어 적막함을 면하지 못하였다.

최치원이 당나라에 가서 과거에 급제하고서야 비로소 온 세상에 문장으로 유명해졌다. 그의 시 한 편에서, "곤륜산이 동쪽으로 뻗어 다섯 산이 푸르렀고, 성숙해(星宿海)가 북쪽으로 흘러 온 물이 누렇다."라고 하였다.

그해 고운(顧雲)은, "이 구절은 곧 지리서(地理書)이다."라고 평하였다. 중국의 동·서·남·북·중앙에 위치한 오악(五嶽)[1]은 다 곤륜산에서 뻗어 나왔고 황하강은 성숙해로부터 흘러 나왔다고 하여 그렇게 말한 것이다. 그의 〈윤주자화사시(潤州慈和寺詩)〉의 한 구절에, "그림 그려져 있는 호각 소리 중에 아침 저녁으로 물결이 출렁거리고, 푸른 산 그림자 속에 옛사람과 오늘날 사람들이 오고 간다."라고 하였고, 학사 박인범의 〈경주용삭시(涇州龍朔詩)〉에는, "반딧불 같은 빛은 등불에 흔들려 험하고, 작은 샛길을 밝혀 주고, 무지개 같은 그림자는 층계에 들려 문같이 곧바로 선 바위에 떨어져 있다." 하였고, 참정 박인량의 〈사주귀산사시(泗州龜山寺詩)〉에는, "문 앞의 나그네는 큰 물결 속에서 급히 노 젓고, 중은 대낮에 한가하게 바둑을 두고 있다." 하였다. 동쪽인 우리나라 시로써 중국에 이름을 떨치기로는 이 세 사람으로 시작되었고, 문장으로 빛난 우리나라에는 이

---

1) 중국의 사방에 있는 큰 산 동악(태산), 서악(화산), 남악(추산), 북악(항산), 중악(숭산).

러한 사람들이 있었다.

세상에 전하는 말에 의하면 학사 정지상은, 산 속의 어떤 절에서 공부를 하였는데, 어느 달 밝은 밤에 혼자서 불전에 앉아 있으려니까 난데없이 시를 읊는 소리가 들리기를, "중이 절이나 있지 않나 두루 살피고, 학은 소나무 없음을 보고 한탄한다."고 하여 그는 귀신이 일러 주는 것이라고 생각하였다. 그 후에 과거를 보러 시험 장소에 들어가자 시험관이 '하운다기봉(夏雲多奇峰)'[2]을 제목으로 봉(峰) 자 운으로 글을 짓도록 하였다.

지상은 갑자기 이 구절이 생각나서 그대로 앞뒤를 연결하여 시를 완성시켰는데, 그 시는, "밝은 해 하늘 한가운데 솟아났고, 뜬구름은 저절로 봉우리를 이루었구나. 중이 절이나 있지 않나 의심하고, 학이 소나무 없음을 보고 한탄한다. 번갯불은 나무 베는 아이의 도끼요, 우렛소리는 은둔 거사의 종소리로다. 산이 움직이지 않는다고 그 누가 말을 하였나, 저녁 바람에 날아가 버리는데."였다. 시험관은 제2구절까지 읽어 내려오다가 기이하여 놀랄 만하다고 칭찬하고 이것을 1등으로 뽑았다고 한다.

중이나 학이 본다는 글은 좋으나 그 외에는 다 어린애들의 이야기와 같다. 대체 무엇 때문에 1등을 주게 하였는지 알 수가 없다.

시중 김부식과 학사 정지상은 문장으로 한때 명성이 높았는데, 두 사람은 서로 다투고 양보하는 법이 없었다. 전하는 말에 의하면 지상의 시에, "절〔寺院〕에서는 독경 소리 끝나고 하늘은

---

2) 진(晉)나라 고개지의 신정시(神情詩)의 한 구절.

유리같이 깨끗하도다."라는 구절이 있었는데, 부식은 이 구절이 좋아서 지상을 찾아가 그것을 자기의 시로 하려고 하였으나 지상은 결코 허락하지 않았다.

그 후에 지상은 부식의 손에 죽어서 귀신이 되었다. 부식이 하루는, "버들은 천 가지가 푸르게 늘어지고 복사꽃은 만발하여 붉게 피었다."는 노래를 읊고 있었는데, 공중에서 느닷없이 정 귀신이 부식의 뺨을 치고,

"천 가지 만발하다고는 누가 헤었느냐? '버들색 줄줄이 푸르고 복사꽃 점점이 붉다'고 왜 하지 않느냐?"

고 하였다. 부식은 몹시 기분 나빠하였다. 그 후 어느 절에서 우연히 변소를 갔는데, 정 귀신이 뒤에서 불알을 잡고 물었다.

"술도 안 마셨는데 얼굴은 왜 빨갛게 되었느냐?"

부식이 느릿느릿 말하기를,

"시냇물 건너 언덕에 단풍이 얼굴에 반사되어 빨갛다."

고 하자 정 귀신이 불알을 죄어 쥐고,

"불알 껍데기는 무엇이냐?"

하고 묻자 부식은,

"네 애비 불알은 쇤 줄 아느냐?"

하고 얼굴색은 조금도 변하지 않았다. 정 귀신이 불알을 더욱 세게 쥐어 부식은 마침내 변소에서 죽었다고 한다.

선배들 중에 문장으로 명성이 높은 사람이 일곱 있었는데, 자기 스스로 당시의 호탕한 기상이 있는 뛰어난 인재라 생각하여 마침내는 사포를 칠현(七賢)으로 자처하였다. 이것은 진(晉)나라의 죽림칠현(竹林七賢)[1]을 추모하여 그렇게 불렀는데, 만나기만 하면 서로 시를 짓고 방약무인(傍若無人)한 태도였으므로 세

상 사람들이 많이들 비방하였다.

그때 내 나이 겨우 열아홉이었는데, 오세재의 아들 오덕전이 나이를 따지지 않고 벗으로 삼아 자주 그 모임에 데리고 가 주었다. 그 후에 한번 모임에 참석한 이청경이 나를 보더니,

"그대의 친구 덕전이 동으로 가서 돌아오지 않는데, 그대가 대신할 수 있겠는가?"

하였다. 나는 즉시 대답하기를,

"칠현이 그래 조정의 무슨 벼슬이라고 그 빈 자리를 메꾸려고 하십니까? 혜강·완적이 사라진 뒤에 그들의 자리를 이어 받았다는 말은 아직까지 들어 보지도 못하였습니다."

라고 하자 그 좌중하였던 사람들은 모두들 크게 웃더니 내게 다시 시를 지으라고 춘(春)·인(人) 두 자를 주었다. 나는 그 자리에서 시를 짓기를, "대나무 아래 모임에 영광스러이 참석하고, 통쾌하게 동이 속 봄[술]을 마시는구나. 칠현 중에는 누가 오이 속의 씨를 꿰뚫은 사람인지 모르겠도다."라고 하자 그 자리에 모인 사람들은 모두를 부끄러워하는 눈치를 보였다.

나는 오만하게 실컷 마시고 나와 버렸다. 어렸을 때의 광기(狂氣)가 바로 이러하였으니 세상 사람들은 모두 나를 광객(狂客)이라고 지목하였다.

내가 옛날 과거에 급제하던 해에 같이 급제한 이들과 통제사(通濟寺)에 간 적이 있었다. 나와 네다섯 사람이 일부러 뒤떨어져 천천히 가면서 서로 시를 지어 불러, 먼저 부른 사람의 운을

---

1) 진(晉)나라 초기 노자·장자를 숭상해서 죽림에 모여 청담(淸談)을 일삼았던 일곱 선비. 즉 산도·왕융·유영·완적·완함·혜강·상수.

따라서 각각 사운시(四韻詩)[1]를 지었는데, 이것은 길에서 입으로 지어 부르고, 기록해 두지 않는데다 단지 시인의 상투어로 여겼던 것이라 지금은 하나도 기억할 수 없다.

그 후 어떤 사람의 말을 들으니 이 시가 중국에 흘러들어가 사대부[2]들이 굉장히 칭찬하였다는 것이다. 그 사람은, "푸른 산이 절름발이 노새의 그림자 속에 저물어 가고, 단풍든 가을은 끊겼다 이어졌다 하나, 기러기 울음 속에 짙어만 간다."는 한 구절만을 외고 있고, 또 이 구절을 더욱 좋아한다고 하였다. 그러나 나는 이 말이 믿어지지가 않았다.

그 후 어떤 사람은, "날은 어두워지는데 외로운 학은 어디로 돌아가는가. 길은 멀고 또 멀어 길 가는 사람 그칠 줄 모르는구나."라는 구절은 기억하고 있으나 그 첫 구절과 마지막 구절은 알 수가 없다. 나는 총명하지는 않아도 그리 아둔한 편도 아니다. 그런데 갑자기 지었다가 유의하지 않았다고 해서 잊어버릴 수도 있는 것일까.

어제 구양백호[3]가 나를 찾아왔는데, 그 자리에 있던 어떤 손님이 이 시에 대하여 말하기를,

"상국(相國)의 이 시가 당신네 나라에 널리 전파되었다니 정말이오?"

하고 묻자 구양이 급히 대답하기를,

"널리 보급되었을 뿐만 아니라 그림 족자를 만들어 가지고들

---

1) 8구로 된 시. 즉 율시를 말함.
2) 지식인의 뜻으로 쓰인 말.
3) 북송 때 시문의 대가 구양수의 후손. 당시 고려에 사신으로 왔던 사람. 구양은 성, 백호는 이름.

있습니다."

하자 손님은 약간 의심스러워하였다. 구양은 의심스러워하는 편에 대해서,

"정히 그렇게 의심스럽거든 내가 내년에 그 족자와 이 시의 전문(全文)을 가지고 와서 보여 드리지요."

하고 이야기하였다. 그것이 과연 정말이라고 한다면 내게는 너무나 과분하여 감당하기 힘들다. 먼저 그에게 보내 주었던 구절의 운을 따서 시를 지어 구양백호에게 주었는데, 그 시는, "보잘것없는 시 한 수, 한번 보기만 해도 부끄러운데 족자까지 만들다니. 중국이 외국인을 차별하지 않는 것을 알고는 있지만, 명공(明公)은 혹시 속이시는 것이 아닌지요."였다.

나는 9세에 비로소 책 읽기를 깨달아 지금까지 한 번도 손에서 책을 떼지 않았는데, 시서육경(詩書六經)[4] · 제자백가(諸子百家)[5] 및 사가(史家)의 글을 비롯해서 변변찮은 경전 · 불경 및 도가(道家)의 설에 이르기까지, 비록 근원을 파고들어가 탐구하여 심오한 이치를 찾아내지는 못하였지만 두루 읽어 정화(精華)를 모아 글 쓰는 데 도움이 되게 하였고, 또 복희[6] 이래 하 · 은 · 주 · 전한 · 후한 3대에서 진(秦) · 진(晉) · 수 · 당 5대에 걸친 임금과 신하의 득실(得失), 국가의 난리와 충신의사(忠臣義士) 및 간웅대도(奸雄大盜)의 성패(成敗) 및 선악의 흔적을 모조리 포괄해서 읽지는 못하였으나, 지저분한 것을 빼 버리고 중요

---

4) 시경 · 상서를 비롯하여, 역 · 예 · 악 · 춘추의 여섯 가지 경전.
5) 진나라 시대의 여러 사상가.
6) 중국 상고 시대 전설상의 임금.

한 것을 모아 거울삼아 보고 읽고 외어서 적정한 때 응용하려고 준비해 두었다.

어쩌다가 먹을 묻혀 붓을 들고 풍월을 읊게 되면 백운에 달하는 장편을 쓴다. 그 때마다 붓은 쉬지 않고 계속 내달렸고 비단에 수를 놓은 듯, 구슬을 꿰어 놓은 듯 그렇게 화려하지는 않았지만 시인(詩人)의 체재는 잃지 않았다. 원래 이렇듯 자부하였는데 마지막에는 초목이나 다름없이 버릴 것이 애석하다. 다섯 치 붓대를 들고 궁궐문을 지나 옥당(玉堂)에 올라가 임금의 말씀과 의견을 받아 임금님 이름으로 비칙(批勅)[1] · 훈령(訓令) · 황모(皇謀) · 제고(帝誥)를 기초해서 천지에 폈으면 평생의 소원이 풀릴 것으로, 그런 후에야 마음이 가라앉을 것 같다.

어찌 시시하게 몇 말의 녹이나 받아 처자나 먹여 살리려는 부류와 같겠는가. 아! 슬프도다. 포부는 크나 재주는 변변치 않고, 타고난 팔자는 기박하여 30이 되어도 한 고을의 자리조차 얻지 못하고, 쓸쓸하고 고생스러운 모습이 이만저만이 아니니, 이 점은 머리만 보아도 알 수 있을 것이다.

좋은 경치를 보면 멋대로 읊조리고, 술을 마실 기회가 생기면 온몸이 세계 밖에서 떠돌 정도로 마시며, 바람은 부드럽고 날씨가 포근한 봄이 되면 만 가지 꽃이 다투어 피어나니 좋은 시절을 저버릴 수 있으랴.

드디어는 윤학록[2]과 술을 마시며 10여 편의 시를 지었는데, 한참 흥이 나자 취해 잠이 들고 말았다. 그러자 윤이 운을 따라 나더러 시를 지으라고 하여 나는 즉시 운을 따라서 시를 지었는

---

1) 임금의 이름으로 발표하는 글.
2) 이규보의 친구.

데, "귀는 귀머거리 되려 하고, 입 벙어리 되려 하여 빈곤한 신세에 세상물정마저 어두워 일의 십중팔구는 뜻과 같지 않으며 서로 이야기 나눌 사람도 2, 3명도 없으나 사업으로는 순임금을 보좌하던 고요와 기에 스스로를 견주려 하고, 문장으로는 반고[3]·사마천[4]과 같은 계열이라고 생각하나, 요즘에 내게 돌아오는 직함 따져 보니 선현(先賢)에 미치지 못하여 부끄럽구나."

라고 하였더니 윤이 내게 말하기를,

"8, 9로 2, 3의 대(對)를 만든 것은 성조(聲調)의 규격에 맞지 않소. 공은 보통 때 문장의 폭이 넓고 세차서 수백 운에 달하는 시라도 단숨에 지어 놓고 비바람이 세게 불 듯이 결점이 하나도 없었는데 지금 지은 짧은 율시에는 도리어 규격이 틀렸으니 어찌된 일이오?"

하였다. 나는 다시 말하기를,

"내가 지금 꿈속에서 지어 멋대로 된 것이외다. 8, 9를 천만으로 고쳐도 상관없으며 태갱[고깃국]과 현주[청안수]는 신 초보다 못하지 않소. 대가(大家)의 수법은 본래부터 이러하거늘, 공은 이것을 알기나 하오."

하고는 채 말을 끝내기도 전에 하품과 기지개를 켜고 깨어났는데 일어나 보니 꿈이었다. 그래서 그 꿈을 윤에게 이야기하였더니 그가 말하기를,

"꿈속에서 또 꿈에 지었다고 하니 이것을 가리켜 몽중몽(夢中夢)이라고 하나 보오."

하였다. 술상을 마주 놓고 앉아서 한 구절을 심심풀이로 지었는

---

3) 중국 후한 초기의 역사가. 《한서》를 저술.
4) 중국 전한 때의 역사가. 《사기》 저술.

데, "잠나라는 술 취한 나라의 이웃이니 두 곳에서 돌아왔으나 몸은 하나이고, 90일의 봄은 모조리 꿈이라. 꿈속에서도 또 꿈속 사람 노릇하였구나."라고 하였다.

나는 본래 시를 좋아하였는데, 전생의 빚인지 병중에는 더욱 시가 좋아져서 보통 때보다 두 배로 좋아하게 되니 왜 그런지 모를 일이다. 경치와 사물에 자극을 받아 흥이 날 때마다 시를 읊지 않을 때가 없고 그렇게 하지 않으려고 해도 않을 수가 없었다. 그래서 이것 역시 병이라고 말하였던 적도 있다. 시를 좋아하게 된 습성을 시로 써서 마음을 나타낸 일이 있었는데, 그것은 대체적으로 비관한 것들이다. 또 밥은 두서너 숟갈만 뜨고 늘 술만 마셔서 탈이 났다고 생각하였다.

백낙천[1] 후집(後集)의 만년 작품을 보았더니 그 대부분이 병상에서 지은 것들이고 술 드는 것 또한 그러하였는데, 그중 한 편에, "나도 별에서 숙명(宿命)을 느끼니 여러 전생의 깊은 빚은 시가이다. 그렇지 않다면 왜 미친 듯이 시를 읊조리며 병든 후가 병든 전보다 더 많을까."라는 것이 있다.

〈수몽득시(酬夢得詩)〉[2]에는, "아른아른 무명 이불 속에서 병중에 술 취하여 잠결에 시에 화답하며 짓노라."라고 하였고, 〈복운모산시(服雲母散詩)〉[3]에는, "약이 녹아 느즉하니 서너 술 뜬다."라고 하였으며 그 나머지 역시 이런 종류이다. 나는 그제야 스스로를 위로하며,

---

1) 당나라의 시인 백거이를 가리킴.
2) 유우석에게 보낸 답시. 몽득은 그의 자.
3) 남의 시의 뜻을 받아 시를 지음.

"나뿐이 아니고 옛날 사람들도 다 그러하였으니 이런 것은 다 저승의 빚의 소치이니 어쩔 수 없다."

고 말하였다. 백 공은 관직에서 은퇴할 때 병가(病暇)[4]가 100일이 되었는데, 나는 벼슬에서 물러나게 될 그 어느 날까지 병가가 110일이 된다. 두 사람의 생애가 이토록 기약 없이 비슷하니 다만 나에게 없는 것은 번소·소만[5]뿐인데, 이 두 첩 역시 공의 나이 68에 다 쫓겨났으니 그들이 이 시기에 무슨 상관이 있었겠는가?

아아! 덕을 갖춘 인재로서 백 공의 명성보다는 훨씬 못하지만, 그의 만년의 병중의 일은 나와 유사한 점이 많으므로, 그가 병상에서 지은 15수(首)에 화답하여 저간의 사정을 지었다. 그 중의 〈자해(自解)〉[6]는 "만년의 모든 근심 잊어버리고 평탄한 길 걸어가니 낙천은 내 스승이 되고, 뛰어난 재주의 명성은 그보다 못하나, 병상에서 시를 좋아함은 우연히 비슷해짐일세. 그때 그가 벼슬 물러나던 때를 따져 보니 내가 금년 사직서를 낼 때와 비슷하구나."라고 하였는데, 마지막 구절은 없어졌다.

백운거사는 선생의 자호로 그의 이름을 감추고 호로 대신하고 있다. 그가 자호를 쓰고 있는 이유는 그의 《백운어록(白雲語錄)》에 자세히 나타나 있다. 집에서는 쌀이 없어 끼니를 잇지 못하였으나 거사(居士)[7]는 늘 즐거워하였으며, 타고난 성품이

---

4) 옛날 관직에서 은퇴할 때에는 일정한 기간 병으로 휴가를 얻는 방법에서 나온 것. 백거이도 은퇴해서 낙양에서 시를 지으며 여생을 보냄.
5) 백거이의 두 첩의 이름.
6) 백거이가 병중에 지은 15수 중의 하나.
7) 학덕이 높지만 숨어 살면서 벼슬을 하지 않는 선비.

활발하고 폭이 넓으며, 좁지 않아 하는 성미였다. 그는 하늘과 땅의 사방이 좁고 답답하여 술을 자주 마시고, 스스로 혼미해지며, 남이 초대하면 기쁜 마음으로 쫓아가서 곧 취해서 돌아오곤 하였다.

옛날 도연명[1]의 무리이기나 한 것처럼 술 마시고 거문고 타는 것을 심심풀이로 삼았다. 이것은 그에 대한 사실을 기록한 것인데, 거사가 취중에, "하늘과 땅은 이부자리요, 양자강과 황하는 술독이로다. 천 일을 술에 취해 태평 세월 보내기를 나는 바라노라."라고 읊었다. 그리고 스스로 본문 끝에 요약해서 쓰는 찬(贊)을 지었는데, "마음이 하늘과 땅 사방 밖에 있어 구속을 받지 않으니 천지를 움직이는 기운과 함께 노닐려는 것인가?"라고 하였다.

《서청시화(西淸詩話)》[2]에 다음과 같은 왕문공[3]의 시, "저물어 가는 황혼에 비바람이 동산 숲을 뒤덮었고, 매달려 있던 국화송이 바람에 시달려 떨어지니 온 땅에 황금 물결 이루도다."가 수록되어 있다.

이 시를 보고 구양수[4]는,

"온갖 꽃은 다 떨어져도 국화만은 가지에 붙은 채 마르는데, 떨어진다는 게 웬말인가?"

라고 하였다. 이에 문공이 몹시 노하여,

---

1) 도잠. 연명은 그의 자(字). 송나라 때의 이름난 시인으로, 술을 좋아했음.
2) 송채조가 지은 시.
3) 송나라 왕안석. 문은 그의 호.
4) 송나라 때 시문의 대가 왕문과 함께 당송팔대가 중 한 사람.

"이것은 〈초사(楚辭)〉[5]에 '석양에는 가을 국화의 떨어진 꽃을 먹고'라고 한 말을 몰라서 그렇다. 구양수가 학문이 없는 데서 나오는 과오로다."
라고 하였다. 나는 이것을 논하기를,

"시라는 것은 본 것으로 인해 흥을 일으키는 것이니, 내가 전에 모진 비바람 속에서 누런 국화꽃도 떨어지는 것을 보았다. 문공 시에 이미 '어두워질 무렵 비바람이 동산 숲을 뒤덮었고'하였으면 본 것으로 구양공의 말을 막으면 좋았다. 억지로 초사를 인용하였다면 그가 '구양은 왜 이것을 보지 않는가?' 했어도 충분하였다. 그런데 그를 학문이 없는 사람으로 가리켰으니 어찌 그렇게도 소견이 좁은가. 구양수가 학식과 견문이 넓지 못하였더라도 초사가 왜 그리 경전에 드물게 나오는 궁벽한 말이라고 그가 보지 못하였을까? 나도 개보[6] 왕안석이 점잖은 사람이라고 생각되지 않는다."

내가 옛날에 매성유[7]의 시를 읽고 혼자서 속으로 대단하지 않게 여기고 옛사람들이 그를 가리켜 시옹(詩翁)[8]이라고 부르는 이유를 몰라하였는데, 이제 다시 읽어 보니 그의 시는 겉은 화려하고 아름다워 약하나, 속에는 뼈가 들어 있어 정말로 시 중에도 정밀하고 교묘하고 뛰어난 시이다.

이는 매요신의 시를 아는 사람이라고 할 수 있다. 그러나 옛

---

5) 전국 시대부터 후한에 이르기까지 중국 남방의 운문을 모은 것.

6) 왕안석의 자.

7) 송나라 때의 시인 매효신. 성유는 그의 자. 당시 최대의 명성을 누린 사람 중 한 명.

8) 나이 많은 시인을 좋게 부른 말.

사람들은 사령운[1] 시의 한 구절인, "연못가에는 봄풀이 돋아났고"가 썩 잘 표현되었다고들 하지만 나는 아직까지도 그것을 이해하지 못하겠고, 서응[2]의 〈폭포시〉에서 말한, "줄기가 푸른 산의 빛을 경계지어 갈라 놓고"의 구절이 잘되었다고 생각하였는데 동파[3]는 그것을 나쁜 시라고 버렸다. 이런 것으로 미루어 볼 때, 내 또래가 옛사람들보다도 훨씬 시에 대하여 알지 못한 셈이다.

또 도연명의 시는 맑고 담담하며 온화하고 조용하여 청묘(淸廟)[4]의 거문고 붉은 줄이 힘 있게 울려나는 것 같아서 한 번 소리내어 읽으매 세 번이나 감탄하게 한다. 나는 그의 시체를 본받으려 하였으나 마침내 그와 비슷해지지도 못해 우습기만 하다.

송조(宋朝)의 선승(禪僧) 조파인[5]은 시 한 수를 지어 구양백호가 오는 편에 우리나라 공공(空空)[6] 스님에게 보냈고, 또 옻칠한 식기 5개와 반점 지팡이 하나를 보냈고, 또 암자를 토각(兎角)이라고 이름 짓고 액자를 친히 써서 그 편에 보내 왔다.

나는 두 대사[7]의 천리나 떨어져 맺어진 정의(情意)를 기특하게 생각하고, 또 구양 군(歐陽君)의 시에 대한 명성을 듣고 또다시 목마르게 사모하여 두 수의 시를 지었다.

---

1) 송나라 때의 산수 시인.
2) 당나라 때의 시인.
3) 소식. 북송 때 시문의 대가.
4) 평화스럽고 조용함.
5) 중국의 불승.
6) 불승의 이름. 누구인지는 잘 모름.
7) 중을 존대해서 부르는 말.

이곳에서 중국까지는 큰 바다가 가로놓였으니,
양공(兩公)이 서로 비치는 것은 거울같이 맑은 마음이도다.
스님께서 벌집 같은 암자 꾸미자,
늙은 조파인은 멀리 토각이란 이름을 전해 왔도다.
지팡이 오래 되나 여전히 반점 찍힌 대나무 흔적은 남아 있고,
옻칠한 식기는 신령한 기운이 돌아,
푸른 연꽃 줄기 뚜렷하구나.
누가 어느 날 친히 지팡이 마주 짚고,
함께 금모(金毛)[8]의 땅 뒤흔들 듯 설법을 펴 보려나.

천리 밖 멀리서 푸른 바다 건너왔으나,
시운은 여전히 자연의 맑은 기운 머금었구나.
기쁘도다 구양영숙으로부터 흐르기를,
멀리한 가람이라.
오히려 우리들에게 향기로운 이름을 배불렸도다.
하늘을 능멸하는 옥수(玉樹)는 높이 천 길이나 되고,
세상에 상서로운 금잔디는 아홉 줄기를 빼었도다.
일찍이 그대의 가르침 받으려 하였으나 만나기 어려우니,
어느 때에 직접 하시는 말씀 듣게 되려나.

선사[9] 혜문은 고성군 사람으로 나이 30이 넘어서야 비로소
공문(空門)[10]에 정식으로 뽑혀 불가의 여러 계급을 거쳐 대선

---

8) 선지식의 설법의 묘한 소리를 비유한 말.
9) 선종의 법리에 통달한 법사.
10) 네 가지로 나눈 불교 교법 중 하나.

(大禪)에까지 이르렀고 운문사[1]에 있었다. 위인이 강직하고 한 때 이름 높은 사대부들이 그와 많이 상종(相從)하였는데, 시 짓기를 좋아하여 산인체(山人體)를 이룩하였다. 그가 보현사[2]를 두고 다음과 같은 시를 지었다.

향기로운 화롯불 연기 속에 독경 소리 울려 나오니,
고요한 기운이 온 방 안에 번져 그윽하구나.
멀리 뻗은 산문(山門) 밖에는 사람들 남북으로 오가고,
늙은 소나무 바윗가에는 예나 지금이나 달이로다.
빈 절의 새벽 바람은 목탁 소리 짙고,
작은 뜰 가을 이슬은 파초의 마음을 패하도다.
내가 와서 고승의 탑에 마음놓고 기대어 앉아,
하루 저녁 청아한 이야기는 곧 만금이로다.

이 시는 그윽한 운치가 자유자재하게 드러나 있으며, 둘째 구절이 여러 사람의 입에 전해져 불리니 송월화상(松月和尙)이란 호(號)를 붙이게 되었다.

꿈에 내가 깊은 산에 들어갔다가 길을 잃고 어떤 마을에 다다랐는데, 맑고 고운 누대가 있어 이상히 여겨 옆에 있는 사람에게 어디냐고 물었더니 선녀대라고 하였다. 그때 갑자기 미인 6, 7명이 문을 열고 나와 안으로 맞아들이면서 시를 지으라고 청하니 나는 곧 시를 짓기를, "옥황상제 길에 접어드니 푸른 옥문

---

1) 소재 미상의 절.
2) 평안북도 영변의 묘향산에 있는 절.

이 삐걱 열리고, 비취같이 아름다운 선녀 나를 맞아 주는도다."
라 하니, 여인들은 계속해서 읊으라고들 하였지만 나는 사양하
고 여인들에게 지으라고 하였다. 한 여인이 이어 짓기를, "속세
의 정 아니고서는 우리에게 올 수 있으랴. 그래서 나는 사나이
사랑함이 보통 사람과 다르도다."하자 나는,
   "신선은 운을 다는 방법이 틀리는가?"
하고는 손뼉을 치고 크게 웃다가 그만 깨어 보니 꿈이었다. 나
는 꿈에서 지었던 구절에, "한 구절을 겨우 짓고, 꿈에서 놀라
깨어났으니 일부러 나머지 빚을 남겨 다시 만날 기약이로세."
라는 구절을 이었다.

   서백사(西佰寺)의 주지승 돈유사가 시 두 수를 지어 보냈는
데, 심부름 온 사람이 문에 와서 독촉하기에 재빨리 붓을 들고
화답을 지어 보냈다.

   임금의 은혜가 아니었던들 비와 서리를 내려,
   만물을 살찌우는 은택이 성글었을 텐데,
   아름다운 경치 높고 뛰어난 생각 속에,
   스스로 깊이 파묻혀 있구나.
   조정에서는 벼슬을 하라고 부름이 급한 것을 알고,
   푸른 산 그립다 하여 오래 머물지 마라.
   속세 피해서 사는 진인(眞人)³⁾은 자취 감추기를 달갑게 여기고,
   시속(時俗) 좇는 새로운 무리들은 다투어 고개를 드누나.

먼 후일 부처님 오시는 날에,
여우와 쥐 달라들던 비린 것들은 모조리 없어지리라.
장안[1]의 인편에 보내는 소식 이상하게 생각하지 말아라.
속세의 소리 어찌 물 구름 깊은 곳에 미치겠는가.
바위 위의 불당 아름다운 경치 속에서 편히 지내고 있는데,
서울 수레 풍진(風塵) 속에서 녹(祿) 그리워 남아 있다.
수양하고 있는 그대의 운치 넘침을 생각하니,
찬 기운이 뼛속까지 사무치고,
벼슬길 쫓아다니는 내 자신이 애닯게 여겨지니,
흰 눈이 내 머리를 덮는구나.
어느 때나 벼슬에 물러나 당신 찾아가,
6척이나 된 쇠약한 몸 노경(老境)에 거둘까.

초를 보낸 것을 감사하게 생각하고 다시 한 수를 지었다.

동쪽 나라 최치원의 10대 자손의 문장에는
여전히 조상의 풍모가 남아 있고,
두 금색 천에다가 시까지 보내 주니,
시는 마음을 깨끗하게 하고,
초는 어둠을 없애 준다.
돈유사가 화답하기를,
나는 당신이 보내 준 시가 없어져,
후대에 이어지지 못할까 두려워서 지금 목판에 새겨,

---

1) 서울을 수도라는 뜻으로 일컫는 말.

벽에 박아 놓고 대대로 전해지도록 한다.

고 하였다.

간밤에 꿈을 꾸었는데, 어떤 사람이 작고 푸른 색의 옥 연적[2]을 내게 주었는데, 두드리니 소리가 나고, 아래는 둥글고 위는 뾰족하고 두 구멍은 무척 좁게 나 있었다. 그러나 다시 보니 구멍이 없어졌다. 꿈에서 깨어나 하도 이상해서 시를 지었다.

꿈속에서 옥자기를 얻었는데,
푸르게 빛나던 빛이 땅바닥도 비칠 만하다.
두드려 봤더니 땡그렁 소리나고,
정교하고 치밀하여 윤기가 돌아서,
물 담아 두기에 아주 적합하겠네.
벼룻물 더하게 될 것이며,
시를 천 장이나 짓게 하리라.
신령한 물건은 변화를 기뻐하고,
자연의 조화는 장난을 좋아하여,
재빨리 입 다물고 한 방울 물도 받지 않네.
이는 마치 신선 바위 문 열려 그 틈새로,
푸른 기운 흘러내리다가 갑자기 다시 오므라져,
사람을 들어가지 못하게 하는 것 같구나.

---

2) 벼룻물을 담는 그릇. 쇠붙이 · 옥돌 · 도자기 등으로 만듦.

혼돈[1]은 일곱 구멍 언자,
7일 만에 죽어 버렸다.
성낸 바람 여러 구멍 불면,
온갖 시끄러움 이로부터 시작이네,
박 뚫을까 굴곡(屈穀) 염려하게 하였고,
펜 구슬 공부자(孔夫子)에 액(厄) 가져오게 하였다.
모든 물건이 온전한 것이 귀하고,
깎고 다듬는 것은 도리어 누(累) 되나니,
형태와 정신이 다 온전할일랑,
칠원리(漆園吏)[2]에 물어 보아야겠다.

지주사(知奏事)[3] 최 공 댁에 천엽석류화(千葉石榴花)[4]가 많이 피어났는데, 이는 세상에 드문 일이어서 특별히 한림[5] 이인로[6]·김극기[7]·유원(留院)[8] 이담지[9]·사직[10] 함순[11] 및 나를 불러 운을 내어 시를 짓게 하였는데, 나는 다음과 같이 지었다.

---

1) 사물의 구별이 뚜렷하지 않고 모호한 상태.
2) 칠원을 관리하는 사람. 여기서는 장주(莊周)를 가리킴.
3) 왕명의 출납을 맡은 승선의 으뜸 벼슬.
4) 꽃잎이 많은 석류화.
5) 예문관 검열의 별칭.
6) 고려 명종 때부터 신종에 이르는 동안의 이름난 시인.
7) 명종 때 한림 벼슬을 한 시인.
8) 한림원에서 편수·검토 등을 맡아보는 사람.
9) 고려 명종 조의 이름난 유생.
10) 형을 결정, 집행하는 사람.
11) 고려 명종 시대에 문장으로 이름났던 사람.

옥같이 맑은 얼굴에 처음 술기 오르니,
붉은 물이 온 얼굴에 번지었다.
향기로운 꽃은 자연의 기교 다 모았으며,
아리따운 모습은 손님 찾아오게 하는구나.
피우는 듯 풍기는 향기 맑은 날 나비를 불러들이고,
불꽃 튀어 어두운 밤에 새 놀라게 한다.
아깝도다, 고운 꽃은 늦게 피게 마련이니,
어느 누가 신의 마음 알겠는가.

이는 내가 만년에 이르러서야 벼슬에 오른 것을 서술한 것이다.

나는 중추(仲秋)[12]에 용포[13]에서 배를 타고 낙동강을 지나 낙동강 하류인 견탄[14]에 정박하였다. 그날 밤 밝은 달 아래 돌을 부딪치는 여울물 소리가 들리고 푸른 산은 파도에 잠겨 있고, 물은 너무 맑아 뛰노는 물고기와 달리는 게까지 굽어보며 셀 정도였다. 배에 기대어 길게 숨을 쉬니 몸이 가벼워지며 시원한 것이 마치 신선의 세계에 온 기분이었다. 강가에 용원사가 있는데, 그 절의 중이 나와 맞아 주어 잠깐 이야기하며 시를 두 수 지었다.

물소리 처량하게 짧은 적삼에 몰려오고,

---

12) 음력 8월 보름.
13) 경상북도 문경 용연의 별칭.
14) 경상북도 선산의 낙동강 하류.

맑은 강물 줄기 남빛보다 더 푸르다.
수양버들 늘어져서 도연명 집 문 앞에 다섯 그루 서 있었거니,
산 경치 좋아 우강(禺强)[1] 바다 위에 셋이 나타났구나.
하늘과 물 끝이 맞닿아 굽어보나 우러러보나 뚜렷하지 않더니,
구름 안개 걷히자 동쪽과 남쪽이 드러난다.
쓸쓸한 배 잠시 모래 언덕에 정박시키자,
호승(胡僧) 작은 암자에서 나오는구나.
이른 아침 용포에서 배를 타고,
석양이 질 무렵 견탄에 정박하니,
사나운 구름은 지는 해 놀리고,
억센 돌 출렁이는 물결 버티고 섰구나.
수국(水國)은 이미 가을에 가득 차고,
선실은 밤이 되니 더욱 춥구나.
강산은 정말 한 폭의 멋있는 그림이라.
그림 병풍인 줄 잘못 보지는 말아라.

흥이 나서 멋대로 지었기 때문에 율격에 맞는지나 모르겠다.

그 이튿날 노 젓지 않고, 물 따라 배 흘러가는 대로 동쪽으로 내려가, 밤에 원흥사 앞에 정박하고 배 안에서 자는데 밤은 깊어 사람들은 다 잠들고 물에서 고기들이 뛰노는 소리가 철썩거린다.

나는 팔베개를 하고 잠깐 잠이 들었는데 날이 차서 오래 자지

---

1) 사람 얼굴에 새의 몸을 한 신의 이름.

는 못하였다. 어부들의 노래 소리와 장삿배의 피리 소리 멀리 가까이 들려오며 하늘은 높고 물은 맑으며 흰 언덕 · 흰 모래 · 흰 물결에 달 그림자가 선실에 어리고 앞에는 기이하게 생긴 바위와 괴상하게 생긴 돌들이 마치 범이나 곰이 쭈그리고들 앉아 있는 듯이 솟아 있었다.

수건을 고쳐 쓰고 배회하여도 강과 호수의 즐거움을 제법 느낄 수 있는데 하물며 매일 아름다운 여인과 함께 음악에 맞추어 노래 부르며 즐겁게 지낸다면, 그 흥겨움을 이루 표현할 수가 있겠는가. 시 두 수를 지었다.

푸른 하늘은 먼 바다 위에 떠 있고,
구름 섬은 마치 봉래산[2] 같구나.
물 아래로 붉은 물고기들 빠져 가고,
안개 속으로 흰 새 날아간다.
여울 이름 곳에 따라 변하고,
산빛은 배를 따라 바뀐다.
강가 성에서 술 받아 와 한 잔을 부어 유유히 들이킨다.
밤에는 모래사장 푸른 바위 가까이 배를 묶어 놓고,
배 지붕 밑에 앉아 성긴 수염 쓰다듬으며 읊조린다.
물결은 출렁거려 선각(船閣)[3]을 흔들고,
달 그림자 살며시 모자 차양에 떨어진다.
파도가 몰아치니 외로운 바위 물 속에 잠기고,
흰 구름 끝에는 짧은 봉우리 뾰족하게 솟아나는구나.

---

2) 신선이 산다는 삼신산의 하나.
3) 배 위에 지은 집.

악기 소리가 계속해서 울리니,

거문고 타는 구슬 같은 섬세한 손가락 불러와야겠구나.

그리하여 한 아전을 시켜 피리를 불게 하였다. 나는 조정의 조칙(詔勅)[1]을 받들어 변산[2]에서 나무 베는 일을 시켜 왔는데, 늘 급하게 재촉을 하였다. 그래서 나를 작목사(斫木使)라고 불렀다. 나는 길거리에서 장난삼아, "군졸을 거느릴 수 있으니 그 영광 자랑할 만하나, 관에서 작목사라고 부르는 것은 부끄러운 일이다."라고 시를 지었다. 그 칭호가 바로 짐꾼과 나무꾼이 하는 일과 비슷하게 느껴지기 때문이다.

처음 변산에 들어가니 층층의 산봉우리와 동굴이 겹겹이 솟아나 있고, 굽어지고 튀어나온 옆으로는 큰 바다를 굽어본다. 바다에는 여러 산과 섬 들이 옹기종기 모여 있어 아침 저녁으로 가 볼 만한 곳들이었다. 바닷가 사람들의 말을 들으니,

"좋은 바람을 얻으면 중국도 가깝다."

는 것이다. 한번은 주사포[3]에 갔는데, 밝은 달이 산마루에 걸려 모래 강변을 환하게 비추어 주고 있었다. 마음속이 시원해지자 말고삐를 풀어 놓고 끝없이 넓은 푸른 바다를 내다보며 한참 동안 음미하고 있으려니 말꾼이 이상히 여긴다. 시 한 수를 지었다.

---

1) 임금의 뜻을 백성에게 알리기 위해 만든 글.
2) 전라북도 부안에 있는 지명. 고려 때에는 건축과 조선에 쓰이는 나무를 모두 이곳에서 베어 갔다고 함.
3) 부안의 사포의 별명 같으나 확실하지 않음.

한 해 봄에 세 번이나 강가를 찾아드니,
나라의 일 언제 그랬던가 원망이 가지 않네.
저 멀리 거센 파도는 달려가는 흰말과 같고,
오래 묵은 늙은 나무는 누워 있는 뿔 없는 용과 같구나.
바닷바람은 만촌(蠻村)의 피리 소리 불어 떨어뜨리고,
모래에 비추는 달 항구의 배맞이하는구나.
좋은 경치 볼 때마다 머뭇거리니,
데리고 다니는 말꾼 아이 이상히 생각하겠지.

나는 시를 지으려고 생각하지도 않았는데 나도 모르게 저절로 지어졌다.

시에는 좋지 못한 아홉 가지 체(體)가 있는데, 내가 깊이 생각한 끝에 터득한 것이다.

한 편 안에 옛사람들의 이름을 많이 인용하는 것은 '귀신을 수레에 하나 가득 실은 체'이다. 옛사람들의 의경(意境)을 인용할 때에는 잘 훔쳐 쓰는 것도 나쁜데, 훔쳐 쓴 것도 잘 되지 않은 것은 '어설픈 도둑이 쉽사리 잡히는 체'이다.

근거 없이 어려운 운을 다는 것은 '센 활을 당기지 못하는 체'이다. 자기 재주를 측량해 보지도 않고 압운[4]이 지나치게 어긋난 것은 '술을 지나치게 많이 마신 체'이다. 좀처럼 뜻을 알기 힘든 글자를 써서 사람을 곧잘 미혹시키기 좋아하는 것은 '함정을 만들어 장님을 이끄는 체'이다.

말이 순조롭지 않은데 억지로 인용하는 것은 '자기를 따르도

---

4) 시에서 어구 위에 같은 음이나 비슷한 음이 규칙적으로 되풀이되는 운율적인 효과를 내는 일.

록 남을 무리하게 이끄는 체'이다.

상스러운 말을 쓰는 것은 '시골 사람이 모여드는 체'이다. 공자·맹자를 함부로 쓰기 좋아하는 것은 '존귀한 분을 범하는 체'이다. 말을 구사함에 있어 거친 데를 삭제해 버리지 않는 것은 '밭에 잡초가 우거진 체'이다. 이러한 좋지 못한 체들을 면한 다음에라야 함께 시를 논할 수 있다.

시는 뜻의 경지가 주가 되므로 이 뜻의 경지를 잡는 것이 가장 힘들고 그 다음에는 말을 맞추는 것이다. 또 뜻의 경지는 재주 있는 기운이 주가 되는데 재주의 우열에 따라 뜻이 깊고 얕게 되는 것이다.

그러나 재주란 타고난 것이어서 배워서 이루는 것이 아니다. 그러므로 재주가 없는 사람은 글 다듬는 것을 능사로 여기고 뜻을 앞세우지 않는다. 대개 글을 깎고 다듬어 구절을 아름답게 하면 분명히 아름답게 되기는 하나, 거기에는 깊은 뜻이 들어 있지 않으며, 처음에는 볼 만하나 음미해 보면 맛이 없어져 버린다.

그러나 압운을 해 봐서 뜻을 나타내기 힘들면 고치는 게 좋고, 남의 시에 화답하여 지을 때에는 뜻이 어려운 운이 있으면 먼저 운을 달 자리를 정하고 그에 따라 뜻의 경지를 배치한다. 아무리 생각해도 대구를 찾기 어려우면 안타까워하지 말고 곧 버리는 것이 낫다.

구상하는 데 너무 깊이 편벽하게 생각하는 데 빠지면 집착하게 되고, 집착하게 되면 미혹되고, 미혹하게 되면 고집불통한 폐단이 생긴다. 들어가고 나감의 변화가 자유자재하여야만 원숙한 경지에 이를 수 있다. 때로는 뒤 구(句)로 앞 구의 폐단을 범할 수도 있고, 글자 하나로 한 구의 안정을 도모할 수도 있으니 이 점을 생각해야 한다.

완전히 은초하고 청조롭지 못한 것만을 쓴 체는 산(山) 사람의 격조이다. 전적으로 곱고 아름다운 것만으로 전편을 꾸미는 것은 궁정의 격조이다. 오직 맑고 기경하며, 웅장하며 호탕하여 곱고 아름다우며 쉽고 담담한 것을 섞어 쓸 수 있게 된 후에라야 체와 격이 갖추어져서 남이 한 가지 체로 이름짓지 못한다.

남이 자기의 시를 보고 결점을 말해 줄 때 기쁜 것이나 문제될 만한 것이면 받아들이고 그렇지 않으면 자기 마음의 원래대로 행할 것이다. 하필 임금이 충신의 간하는 말을 듣지 않고, 끝내 자기 과오를 모르는 것같이 남의 충고의 소리를 듣기 싫어해야 할 필요가 있겠는가.

대개 시가 되면 반복하여 보되, 자기 시가 아니라 다른 사람 및 평생에 몹시 미워하는 사람의 시를 보고 결점을 잘 찾아내듯이 하고, 결점이 하나도 없도록 해서 비로소 세상에 내놓을 것이다.

대개 옛사람의 시체(詩體)를 본받으려면 우선 그 시를 익혀 읽고 본받고 나서야 그 경지에 도달할 수 있으며 그렇지 않으면 표절(剽竊)[1]하기도 어렵다.

이것을 도둑에 비교해 보면, 먼저 부잣집의 문과 담벼락을 잘 살펴본 후에야 그 집에 잘 들어가서 남의 것을 자기 것으로 남

---

1) 다른 사람의 글을 모방하는 일.

도 모르게 할 수 있을 것이다. 그렇지 않고 안을 찾아보고, 상자를 열어 보고 하는 식으로 하면 반드시 잡힌다. 나는 어려서부터 멋대로 굴어서 찬찬하지 못하며 책 보는 게 그리 정밀하지 못하였다. 육경(六經)[1]·제자(諸子)[2]·사서(史書)[3]의 글을 하였지만 그 근본을 캐내지는 못하였으나, 하물며 제가[4]의 장구(章句)야 더 말할 것도 없으니 어찌 그 글에 익숙하여 그 체를 본받고 그 말을 훔칠 수 있겠는가? 이 때문에 새 말을 만들지 않을 수 없게 된 것이다.

시화(詩話)에 이산보[5]의 〈남한사시(覽漢史詩)〉에, "왕망이 가져오게 되자 반이나 빠져 가던 것이 조조가 가지고 가자 일시에 가라앉았다."라는 시가 실려 있다. 나는 이것이 아름다운 구절이라고 생각하였는데 고영수라는 사람이,

"이것은 파선시(破船詩)다."

라고 꾸짖었다. 내가 생각한 것은 산보의 우의(寓意)는 아마 한나라 왕실을 배로 생각하고, 그 작용을 그대로 말해서 절반이 가라앉았다거나 모두 침몰하였다고 하였다. 그때 이산보가,

"너는 내 시를 파선시라고 하였는데, 나는 한나라 왕실을 배에다 비겨 말한 것이다. 그런데 네가 그것을 알아냈다니 장한 일이다."

---

1) 유가의 여섯 가지 기본 경전. 즉 시·서·역·예·악·춘추.
2) 진(秦)나라 때의 모든 사상가의 글.
3) 여러 주석가들의 주석.
4) 당나라 때의 시인. 웅건한 시로 이름 높음.
5) 전한 때 평제를 죽이고 나라를 빼앗은 역적.

라고 하였다면 영수라는 사람은 뭐라고 대꾸를 하였을까? 시화
에도 영수를 가리켜 입이 나쁘고 각박한 인간으로 여겼으니 그
의 말을 받아들일 것은 아니다.

옛말에 이르기를,

"세상 일의 십중팔구는 뜻대로 되지 않는다. 사람이 이 세상
을 살아가는 데 속이 시원하게 통쾌한 일은 대체 얼마나 될까?"
하였다. 나는 위심시(違心詩) 12구를 지었는데, 다음과 같다.

인간의 잡다한 일도 한결같지 못해서,
툭 하면 마음에 어긋나고 마땅하지 않다.
한창 때도 돈이 없으면 아내까지도 깔보고 나서고
늙어도 녹(祿)만 많으면 기생도 따라선다.
놀러 가는 날에는 대개 비가 내리고,
할 일 없이 앉아 있을 때에는 날씨가 화창하다.
배가 불러 상을 물리면 맛있는 고기를 만나고,
목구멍이 상해서 삼키기를 꺼리는데 많은 술잔을 만나더라.
고이 간직하였던 값진 물건을 싸게 팔고 나면,
시장에서는 값이 뛰어오르고,
오랜 병이 다 나으면 이웃에 의원이 나타난다.
자질구레한 것들도 이렇게 맞지 않으니,
하물며 양주에서 학 타기를 바랄 수 있으랴.

대체로 만사가 마음에 어긋나는 것이 이러하다. 자질구레한
것으로는 한 몸의 영화 · 출세 · 고생 · 안락에서 더 크게는 국가
의 안위와 난리에 이르기까지 마음에 어긋나지 않는 것이 없다.

이 졸시(拙詩)는 자질구레한 것을 열거한 것에 불과하다. 그 저의는 사실 큰 것을 말하는 데 있다.

세상에 전하는 사쾌시(四快詩)를 보면, '오랜 가뭄에 반가운 비 만나는 것, 타향에서 친구를 만나는 것, 결혼 첫날 화촉 밝히는 밤, 과거 시험에 이름 걸릴 때'와 같다. 가뭄 끝에 비가 내리긴 하지만 비 온 뒤에는 또 가문다. 타향에서 친구를 만나면 다시 또 이별하게 된다. 같은 방에서 화촉을 밝힌다고 해서 그들이 생이별하지 않는다고 그 누가 보장하겠는가? 과거 시험에 급제하였다고 해서 그것이 우환의 시초가 아니라고 어떻게 할 수 있겠는가?

마음에 어긋나는 것은 많고 즐거운 일은 적기 때문에 이렇게 여기 있으니 한탄할 노릇이다.

작품 해설

고려 고종 때 이규보가 지은 시화집이다.

지은이 이규보는 고려 시대의 대문호로, 의종 22년 1168년에 황려현에서 태어났다. 호부낭중 이윤수의 아들로, 9세 때부터 작문에 능했고, 경서와 사기는 물론 도교와 불교 문헌들을 모두 섭렵하여 한 번만 읽으면 기억하는 기발한 재사였다. 술과 시, 거문고를 좋아해서 스스로 삼혹호 선생이라고 일컬었으며, 권신의 압객이란 말도 한때 들은 그는 기개가 있고 성격이 강직해서 조정에서는 인중룡(人中龍)이란 평이 있었다.

본명 규보는 그가 사마시에 응할 때 규성(奎星)이 이서(異瑞)를 알렸다고 해서 지은 이름이다. 그가 처음 과거에 뜻을 둔 것은 16세부터였으나 세 차례에 걸쳐 낙방의 고배를 마시고, 명종 19년 22세 때에야 사마시에 들었고, 23세 때 문과에 급제했다. 그러나 그로부터 10년 가까이 보직되지 않았으므로, 이 기간에 한가히 《백운거사록》과 고율시 《동명왕》 등을 지었다.

그 뒤 신종 2년인 1199년에 지금의 경주인 동경에서 반란이 일어나 어지럽던 때에 자원 종군하여 전주목사록 겸 장서기로 임명되어 관계에 첫발을 내디뎠고, 신종 5년에는 최충헌 막하의 수제원으로 반란 지역에 종군하며 많은 종군시를 지었다.

어느 정도 민란이 집압된 뒤인 희종 3년에는 최충헌의 명으로 그의 〈모정기〉를 지어, 이인로·이윤보 등의 경쟁자들을 물리치고 권보직한림에 발탁되었다. 그는 계속해서 최충헌의 신임을 얻어 천우위록사참군사를 거쳐 1213년에는 40여 운의 시 〈공작〉을 쓰고 사재승에 올랐다.

그 무렵의 해좌칠현이니 강좌칠현이니 하는 문사 시인들이 최씨 일파의 무당 정권을 개탄하고 염세적 도피주의에 기울어 술과 시로 세월을 보냈던 것과는 매우 대조적인 것이 이규보의 생애이다.

그는 또 고종 2년인 1215년에 우정언지제고에 올라 〈초배정언시〉를 지었다. 이와 같이 이규보는, '벼슬 하나에 시 한 수, 시 한 수에 벼슬 하나'라는 식으로 벼슬과 시를 늘여 갔다. 고종 4년 우사간지제고에 올랐고, 고종 6년에 계양도호부부사로 좌천되었다가 그 이듬해 소환되어 더욱 중용되었다.

고종 17년, 즉 1230년 이규보는 판위위시사 자리에 있으면서 팔관회를 잘못 관장하여 잠시 위도로 귀양을 갔다가 그 이듬해 고향으로 돌아왔다.

이때 그의 나이 63세였다. 그 뒤에도 이규보는 다시 기용되어 고종 20인 1233년에 집현전 대학사, 고종 21년인 1234년 정당문학, 고종 22년이 되던 해인 1235년 태자소부·참지정사를 거쳐 고종 24년, 즉 1237년에 문하시랑평장사로 관계에서 사퇴했다.

그리고 4년 후 74세로 세상을 떠났다. 이렇듯 그의 생애의 전반기에는 벼슬운이 그리 신통치 않았으나 일단 관계에 들어선 후부터는 벼슬에 누진, 비교적 순탄한 생애를 보냈다. 1, 2차의

좌천과 귀양도 있었지만 짧은 기간이었고 문재(文才)로서 관운이 트였던 사람이다.

《백운소설》은 홍만종의 《시화총림》에 수록되어 있다. 내용은 삼국 시대로부터 당시까지의 유명한 시화를 모은 것으로 김부식과 정지상의 이야기도 여기에 자세하게 실려 있다.

저서로, 《동국이상국집》과 《백운소설》은 최충헌의 아들 최이를 비롯한 친구들과 후손들이 편간한 것이다. 《동국이상국집》은 총 53권으로 전집 41권, 후집 12권으로 되어 있으며, 시가 28권, 산문이 25권이다. 그러나 이규보 자신이 자기의 초고를 모아 둔 일이 없고 가끔 세초하는 일마저 있었으므로 그의 초고는 전체의 2, 3할도 모으지 못했다고 한다. 국문학사상 대단히 큰 비중을 차지하는 그의 고율시 〈동명왕〉, 가전체 소설 〈국선생전〉·〈청강사자현부전〉 등은 모두 여기에 수록되어 있다.

작가 연보

1168년	출생. 어릴적 이름은 인저, 자는 춘경, 호는 백운산인 · 백운거사.
1189년	사마시에 합격.
1190년	문과에 급제함.
1199년	경주에서 반란이 일어나자 자원 종군하여 전주목사록 겸 장서기로 임명됨.
1202년	병마녹사 겸 수제가 됨.
1207년	권보직한림에 발탁됨.
1213년	40여 운의 시 〈공작〉을 쓰고 사재승에 오름.
1215년	우정언지제고에 오름. 〈초배정언시〉를 지음.
1219년	좌사간으로 재직중 지방관의 죄를 묵인한 죄로 좌천됨.
1220년	예부낭중 · 한림시강학사를 거침.
1230년	판위위시사 역임. 팔관회를 잘못 관장하여 위도로

귀양감.

1231년   귀양에서 풀려나 고향으로 돌아옴.

1232년   비서성판사에 오름.

1233년   집현전 대학사를 지냄.

1234년   정당문학을 역임.

1235년   태자소부·참지정사에 오름.

1237년   문하시랑평장사를 지내고, 벼슬에서 물러남.

1241년   74세로 생을 마침. 그가 죽자 나라에서는 사흘 동안
          조회를 보지 않았음. 시호는 문순공.

어우야담

김장군 응하[1]의 자는 경희니 강원도 철원 사람이라.

만력(萬曆) 을사년[2]에 무과에 합격하여 선전관[3]을 거쳐 경원 판관이 되니 육진(六鎭)[4]은 가솔이 가지 못하는지라 어떤 사람이 와서 말하되,

"귀가(貴家)에 딸이 있으니 나이 젊고 얼굴이 고와 가히 점복(占卜)하여 첩을 삼음직하다."

하거늘 장군이 몹시 놀라서 사양하여 가로되,

"우리 집이 가난하니 귀가의 딸을 기르기[5] 쉽지 아니하여 대접하기를 아내같이 하면 명분이 문란하고, 천한 첩으로 대접하면

---

1) 광해군 때의 무장.
2) 조선 선조 38년.
3) 병조에 소속되어 형명 · 계라 · 시위 · 전령 · 부신을 맡은 선전관청의 정사품부터 정구품까지의 군관.
4) 함경북도에 있는 여섯 진(鎭). 즉, 경원 · 경흥 · 부령 · 회령 · 온성 · 종성.
5) 데려다 첩 삼기.

반드시 노할지라. 대체로 사람의 복이 포백(布帛)[1]에 폭수척촌(幅數尺寸)이 있는 것 같아서 정한(定限)이 있는지라. 첩으로 인연하여 부귀함이 장부의 사람다운 일이 아니라."
하더라.

정사년[2]에 열병[3]을 앓아 장차 죽게 되니 그 벗이 냉약(冷藥)[4]을 가지고 크게 불러 가로되,

"그대 일찍이 나라에[5] 죽기를 자허(自許)하더니 이제 한 병으로 인하여 적막하게 죽으면 누가 알리요."

장군이 눈을 부릅뜨고 세 사발을 다 마셔 이에 살아나니라.

무오년[6]에 병조판서 박승종[7]이 친상(親喪)을 만나니 장군은 그 인척이라. 고양 땅에 회장(會葬)[8]할새 궁중에서 내시[9]를 보내 호상(護喪)하니 혹자가 장군을 권하여 '접대하라' 하여 가로되,

"내시가 그대의 풍채 좋음을 보면 반드시 궁중 안에서 기리리라."

장군이 우연(吁然)[10] 탄식하여 가로되,

---

1) 옷감.
2) 광해군 9년.
3) 장티푸스.
4) 환부를 냉각하는 데 쓰는 약.
5) 나랏일에.
6) 광해군 10(1618)년.
7) 광해군 때의 재상.
8) 장례 지내는 데에 참례하는 일.
9) 조선 때 환관의 별칭. 환시·환자.
10) 탄식하는 감탄사.

"바라는 것이 있어 고자[11]를 정성껏 대접함이 사대부의 할 일
이 아니니 홀로 마음에 부끄럽지 아니하랴."
하니 좌객(座客)이 다 이상하게 여기더라.

가을에 건주[12] 오랑캐 노라치[13]가 천조(天朝)에 범순(犯順)[14]
하니 아국(我國) 군사를 부를새 장군이 조방장(助防將)으로써
인하여 선천 군수 되어 간지라. 행하기를 임하여 군관 오헌더러
일러 가로되,

"밤에 꿈을 꾸니 내 머리 도적에게 베인 바가 되니 내 마땅히
도적을 많이 죽이고 헛되이 죽지 않을 것이니 그리 알라."
하고 활 둘과 살 백(百)을 차고 행하니 제장(諸將)이 다 겁이 많
다 이르더라.

기미년[15] 3월 3일에 천병(天兵) 3만이 노지[16] 심하에 이르러
부락 전군(全軍)이 몰(沒)하고 우리 군사(軍士) 좌우영(左右營)
이 또한 차례로 패배하니 교유격(喬游擊) 1기가 진 위에서 장군
의 싸움을 보고 손가락을 튀기며 탄식하여 가로되,

"평지에 보군(步軍)으로써 내 철기(鐵騎)[17]를 지탱하기를 이
렇게 하니 귀국 군사는 강하고 용맹하기 이를 것이 없다."
하고 일컫기를 남음이 없어 하더니, 오래지 아니하여 큰 바람이
홀연히 일어나, 총과 화약이 흩어져 철포(鐵砲)를 쏘지 못하니

---

11) 불알이 없는 남자. 내시 · 환관.
12) 만주의 지명.
13) 누르하치.
14) 명나라 말에 청이 일어나 명을 침.
15) 1619년.
16) 오랑캐 땅 심하 지방.
17) 용맹한 기병. 철갑을 입은 기병.

적병이 이 기회를 타서 우리 군사를 크게 파(破)하니 장군이 말에서 내려 홀로 버드나무 아래에 의지하여 활을 쏘면 반드시 도적을 맞혀 활 시위를 응하여 다 거꾸러지고 몸에 무거운 갑옷을 입었는데, 살 맞기를 고슴도치 털 같으되 오히려 동요하지 아니하더라. 살이 이미 다하여 장검(長劍)을 가지고 쳐 죽인 바가 무수하니, 칼 자루가 세 번 부러지매 세 번 바꾸어 치더니 홀연 한 도적이 뒤에서 창으로 찔러 땅에 엎어지니, 칼이 아직 손에 있더라. 그 후에 사로잡혔던 사람이 도망하여 오는 자가 다 이르기를,

"오랑캐가 서로 말하여 가로되 '버드나무 아래 한 장군의 웅용(雄勇)이 무쌍하여 조선에 만일 이런 두어 사람이 있으면 가히 대적하지 못하리라' 하더라."

하고 또 가로되,

"오랑캐 장수가 천병(千兵)과 조선 군사 죽은 자를 거두어 묻을새 날이 오래지 않아 주검이 다 상(像)하되 오직 버드나무 아래 한 주검이 안색이 산 듯하고, 오른손에 칼을 잡아 빼낼 수가 없으니, 곧 장군이라. 오랑캐가 그 주검을 쏘아 눈을 맞히니 이는 오랑캐 군사를 많이 죽임을 한함이라."

하더라. 이 먼저 홍립[1]이 오랑캐 역관 하세국을 호중(胡中)에 보냈더니 이에 호병(胡兵)이 역관을 불러 그 싸움을 그치고 홍립으로 더불어 항복하고자 하니 장군이 듣고 더욱 노하여 사로잡은 군사들을 시살하기를 여전히 하더라.

조정이 그 절의(節義)를 아름다이 여기사, 병조판서를 추증하

---

1) 강홍립. 당시 김응하는 도원수 강홍립의 부하로 건주위 정벌에 참가했음.

고 천조(天朝) 사람 왕래하는 거리에 사당을 세우니, 크고 아름답다, 장군의 충의여! 큰 도적이 영(營)을 눌러 많고 적음이 너무나 동떨어지되 조용히 진을 펴 기를 날리며 싸움을 재촉하니 첫 번째 기특함이요, 오랑캐 군사가 통사(通事)[2]를 불러 뜻이 화해함에 있되, 못 들은 체하고 시종 힘써 싸우니 두 번째 기특함이요, 말에서 내려 남에 의지하여 반드시 죽기를 과시하고 수천 군과 혈전하여 항복하지 아니함이 세 번째 기특함이요, 손 가운데 장검을 죽어도 놓지 아니하고 다시 일어나 도적을 죽일 듯하니 네 번째 기특함이요, 방춘(方春) 더운 날에 죽은 살이 썩지 아니하여 노기 발발하여 살아 있는 듯함이 다섯 번째 기특함이라. 영상 박승종이 전(傳)을 지어 포장(襃獎)하니라.

윤월정 근수[3]는 중화(中華) 말을 풀어 알더니 일찍 연경에 조회(朝會)[4]하러 갔다가 망기(望氣)[5]하는 자를 만나 물어 가로되,
"망기도 또한 배워야 아느냐?"
가로되,
"배워야 능히 하느니라."
가로되,
"어찌 하느뇨?"
가로되,
"흙집을 짓되 동과 서와 북과 및 그 위를 막고 그 나머지는

---

2) 조선 시대의 통역관.
3) 조선 선조 때의 문신으로 대제학에 오름.
4) 연경에 원단·성절 등의 조회에 참여하러 감.
5) 천문 운기를 보고 길흉을 점치는 것.

열어 놓았다가 거듭 짓기를 전과 같이 하되 북을 열고 남을 막고, 또 거듭 짓기를 전과 같이 하되 동을 열고 북을 막고, 또 거듭 짓되 그 서는 열고, 또 거듭 짓되 그 위를 열어, 매양 그 넷 가운데는 막고 그 한가운데는 열어, 그 가운데 침침하여 주야를 분별하지 못하는지라 주야를 졸지 아니하고 이와 같이 하여 50일이 지나면 다섯 겹 집에 시물(視物)이 백주(白晝) 같아서, 옷에 꿰맨 실을 가히 셀지라. 그런 연후에 나와서 보면 천기 오색 기운이 눈앞에 요연하여 능히 수백리 밖을 볼지라. 인하여 써 길흉을 점하면 백에서 하나도 틀리지 아니하니라."

학관[1] 이재영[2]이 연경에 가다가 동악묘[3]에 이르니 묘중에 도사(道士)가 많더라. 한 도사가 있어 토실(土室) 가운데서 퉁소를 부는지라 들어가고자 한즉, 문이 없는지라 물으니 도사가 토실 가운데 앉아 네 벽을 막고, 다만 조그만 구멍으로부터 밥을 통한다 하더라. 3년 만에 나온즉 벼슬의 품수(品數)와 녹(祿)이 두터운지라, 근래 술사(術士) 박상의 또한 이 법을 배워 네 겹 집을 하여 50일 만에 나와 능히 사람의 상(相)도 보고 기운도 살피더니, 한 손〔客〕을 보고 가로되,

"네 이미 상사(喪事)를 만났도다. 흰 기운이 머리 위에 떴다." 하더니, 그 어미가 멀리 있어 이미 죽었으되 알지 못하였더니 수일이 못 되 부음(訃音)이 이르러 왔느니라.

참판 정기원[4]이 상의(尙義)를 대하여 앉았다 나오다가 문득

---

1) 이문학관(吏文學官).
2) 허균의 서처삼촌.
3) 북경 조양문 밖 2리쯤에 있는 동악대제를 모시는 묘.
4) 조선 선조 을유(1585)년에 문과에 급제해서 참판에 올랐음.

도로 가 그 바지에 오줌을 묻히고 다시 앉으니, 상의가 웃어 가로되,

"공이 어찌 오줌을 쌌느뇨?"

기원이 대경(大驚)하더라.

상의가 담양에 우거(寓居)할새, 한 관가 기생을 사간(私奸)하였더니 기생이 교만 불순하여 여러 번 몸을 도망하여 깊이 숨되 상의가 반드시 앉아서 그곳을 알아, 열 번 숨어도 열 번 찾아내더라.

하루는 손과 더불어 자다가 나와 바라보고 크게 놀라 가로되,

"아무 방위(方位)에 기운이 있어 심히 사나우니, 필히 시역대변(弑逆大變)이 순망(旬望)5) 사이에 있으리니 군이 그를 기록하라."

손이 눈을 씻고 보되, 그 기운을 못 보고 써 말하기를, "미친 말이라." 하더니 그 후 20일에 그 땅에 과연 어미 죽이는 옥사(獄事)가 나니라.

상의가 나이 80에 능히 치아로써 호두 열매와 껍질을 깨물고 사발을 깨물어 가루를 만들어 먹으니 사람이 다 괴이히 여기더라. 상의가 일찍이 가로되,

"네 겹 집에 들어 50일을 졸지 아니하고 우보고치(禹步叩齒)6) 하여 쉬지 않으면 가히 망기법(望氣法)을 배울 것이요, 그렇지 아니하면 마음병이니 미쳐 달아날 것이니 가히 무섭다."
하더라.

---

5) 10일, 15일 사이.

6) 큰 걸음으로 성큼성큼 걷고 이를 딱딱 마주치는 것.

내 일찍이 보니 고양이가 닭을 둥우리 아래서 지키니 닭이 스스로 떨어지고, 쥐를 구멍 밖에서 지키니 쥐가 스스로 나오니, 대개 독한 기운에 눈이 어지러워 그러한 바라. 항상 괴이히 여겼더니 그 당시에 김영남[1]이 전라도 병마도사가 되어 중의 집에 들었더니, 밤에 뒷간에 갈새 홀연히 정신이 혼현(昏眩)하여, 땅에 엎더져 기운이 끊어지니, 종자(從者)가 업고 들어왔더니, 이윽고 나으니라. 명일 뒷간 밖을 보니, 범이 쭈그려 앉았던 곳이 있고, 또 꼬리를 흔들던 흔적이 있어 땅을 쓸어도 티끌이 없는지라, 이에 범의 독을 쏘여 그러함을 깨닫노라.

동지중추부사 권희[2]가 수묘(守墓)에 거하더니, 밤에 밖에 나가 뒷간에 가다가 정신이 홀연 희미하여 땅에 엎더져 불성(不省)하는지라, 종이 부축하여 들어와 이윽하여 기운이 소복(蘇復)하여 그 연유를 몰랐더니, 아침에 살펴보니 눈 속에 범이 허우적거리고 쭈그려 꼬리 두른 자취가 있는지라, 범의 독에 능히 부지불견(不知不見)에 기운을 뺏기고 정신을 상하기 이와 같이 하니, 산에 거하나 들에 처하나 가히 근심될 것이 이만 같은 이가 없느니라.

동지[3] 정문부 자허[4]가 함경도 평사[5] 되어 왜변(倭變)을 만나, 2왕자[6]가 피로(被虜)하시고, 소대읍(小大邑) 관원 및 사족(士

---

1) 조선 선조 임신(1572)년에 문과에 급제. 호는 소운. 벼슬은 공조참의에 이름.
2) 조선 선조 갑신(1584)년에 문과에 급제. 호는 남악. 벼슬은 동지중추부사에 오름.
3) 동지중추부사.
4) 조선 선조 무자(1588)년에 문과에 급제해서 길주 목사로 오름. 자는 자허, 호는 농포.
5) 병마평사.
6) 조선 선조 26(1593)년에 두 왕자가 함경도에서 왜에 사로잡혀 다음해 7월에 돌려보내짐.

族) 들이 다 토민(土民)에 묶여 왜장에게 바친 바가 되니, 자허가 미복(微服)으로 밤에 행하다가 길에서 순라 왜졸을 만나 그 장수에게 드리니, 살펴 지킨 자가 조금 게으른 때를 타 뛰어나가 매였던 줄을 이끌고 달아나니, 왜졸이 쫓다가 찾아내지 못하니 공(公)이 가만히 숨어 품 팔아 써 호구(糊口)할새, 무녀가 있어 채용하여 종을 삼아, 공으로 하여금 북을 지게 하고 민간에 따라다녀 써 밤굿〔夜祝〕으로 일삼을새, 술과 떡의 남은 것으로써 먹이더니, 하루는 무녀가 밤에 그 지아비더러 말하되,

"옹(翁)아, 네가 푸른 빛의 옷을 입고자 하느냐?"

가로되,

"어찌뇨?"

가로되,

"아무 집 주인 옹이 파란 새 옷을 입었으니, 내가 마땅히 빼앗아 너를 주리라."

지아비 가로되,

"유유(唯唯)[7]타."

이튿날 다시 하여금 북을 지우고 민가에 가니 주인이 과연 푸른 옷을 입었는지라, 무당이 한삼[8] 소매로 북 자루를 잡고 북을 치니 북소리 드나 소리치 못하고 드디어 귀신의 말을 지어 흉한 말로써 공동(恐動)하니 주가(主家)가 크게 두려워하여 그 옷을 벗어 써 비니 무당이 드디어 그 옷을 앗아다가 써 그 지아비를 입히니 자허가 눈으로 보고 심히 분하여 하더니, 오래 가지 아니하여 조정이 명하여 방어사를 제수하시고 하여금

---

7) 지당함. 좋음.
8) 적삼.

옥관자(玉貫子)[1]를 더하시고, 또 길주 목사와 안변 부사를 제수하시니 이로부터 자허가 깊이 무격(巫覡)을 미워하여 고역(苦役)으로써 곤히 하고 조금도 가대(假貸)[2]하지 아니하고, 불용명(不用命)하는 놈은 엄한 형으로 다스리더라.

이지번[3]은 높은 선비라. 공헌대왕조[4]에 벼슬하여 사평[5]이 되었더니, 때에 윤원형[6]이 권력을 독점하여, 하여금 비리로 송사(訟事) 결단을 하고자 하거늘 벼슬을 버리고 돌아가 집을 단양 땅 강 위에 짓고 정신을 수양하니 사는 바의 밝은 빛이 집에서 나더라.

열읍(列邑)에서 영접하는 것을 다 사양하여 받지 아니하고 집에 한 푸른 소가 있으니 두 뿔 사이가 8, 9촌(寸)[7]이나 하니, 늘 타고 강상(江上)에 두루 놀더니, 하루는 적설(積雪)이 만산(滿山)이라. 청우(靑牛)를 타고 산에 올라 구경하되, 쫓는 자가 없고 다만 한 아이가 소를 몰고 쫓더니, 지번이 청흥(淸興)을 이기지 못하여 동자를 돌아보아 가로되,

"네 또한 이 즐거움을 아느냐?"

동자 가로되,

"소인은 추워 즐거움을 모르나이다."

---

1) 당상관들이 망건에 다는 옥으로 만든 관자.
2) 너그럽게 용서함.
3) 조선 중종 때의 학자.
4) 조선 중종의 시호.
5) 조선 장예원의 정6품 벼슬.
6) 조선 명종 때의 권신.
7) 한문본에는 8, 9척.

그 아들 산해는 일시 명류(名流)의 서로 사랑하는 바가 되어 공(公)을 권하여 단양수(丹陽守)가 되었더니, 두 언덕 사이 쌍봉(雙峯)이 대하여 높은지라 비선(飛仙) 놀음[8]을 하고자 하여 칡 동아줄을 송사하는 백성에게 구하여 두 봉 사이에 건너 매고 나는 학의 거동을 지어 사람이 그 위에 앉고, 고리를 매달고 왕래하여 공중에 나는 듯하니, 백성이 바라보고 신선같이 여기더라. 얼마 있다가 기관(棄官)하고 돌아가신지라, 후에 최 공이 그 소임을 대신하여 관청고(官廳庫)[9] 가운데 들어가 보니 한 가지 거둔 것이 없고 칡 동아줄이 가득히 찼더라.

이지함[10]은 지번의 아우이니 또한 기특한 선비라. 베옷과 짚신으로 두루 행하고 혹 사부(士夫) 사이에 오유(遨遊)[11]하여 방약무인하고 제잡술(諸雜術)을 통치 아님이 없고, 일엽편주를 타고 배 네 모퉁이에 박을 매달고 세 번이나 제주에 들어가되 풍파에 근심이 없고, 스스로 상고(商賈)[12]가 되어 백성을 가르치고, 적수(赤手)로 생업이 넉넉하여 수년 내에 적곡(積穀)이 거만(鉅萬)[13]을 쌓았더니 다 빈민에게 흩어 주고, 소매를 두르며[14] 가서 바다에 들어가 박을 심으니 박이 수만 개나 맺혔는지라, 따서 바가지를 만드니 곡식이 거의 천 석이나 된지라 수운(輸

---

8) 봉과 봉 사이에 동아줄을 매고, 여기에 학의 형상을 매달아 그 위에 타고 노는 놀음.
9) 관아의 주방고.
10) 호는 토정. 조선 선조 때의 이인(異人).
11) 마음 내키는 대로 놂.
12) 상인.
13) '만의 만 갑절'의 뜻. 재산이나 금액이 막대함을 이름.
14) 소매를 휘두르며. 아무것도 가진 것이 없이.

運)하여 경성[1]·삼개[2]에다 두고 강촌 사람을 동원하여 흙집을 지으니, 높기가 100척이나 되는지라, 이름을 토정(土亭)이라 하여 밤에는 집 아래서 자고, 낮이면 집 위에 올라가 거(居)한 지 오래 가지 아니하여 버리고 가더라.

또 솥 가지고 다니기를 싫어하여 철관(鐵冠)을 쓰고 다니다가 벗어서 밥 지어 먹고, 도로 씻어 쓰며 8도(道)에 주류(周流)하나 말 타고 아니 다니더라. 스스로 이르되,

"천한 일을 몸소 친히 아니함이 없되, 사람에게 구타를 입지 아니하였노라."

하고 일찍이 시험하여 하루는 민가에 돌입하여 부부가 앉았는 곁에 앉으니, 주인이 크게 노여워하여 치고자 하되 그가 늙었다 하여 쫓으니, 또 태둔(笞臀)[3]의 형벌을 받고자 하여 짐짓 관리의 앞길을 범하니 관인(官人)이 노하여 볼기 치고자 하다가 잘 보고 그 형상을 괴이히 여겨 그치더라.

그 부모를 영장(永葬)할새, 자손에 마땅히 두 정승이 날 데를 정하고 그 계(季)[4] 자손은 불길할 데라. 계자[5]는 곧 그 몸이라. 우겨서 스스로 그 재앙을 당하더라. 그 후에 산해[6]와 산보[7]는 벼슬이 일품에 이르고 지함의 아들은 나타나지 아니하니라. 일찍이 포천 현감이 되어 포의(布衣)와 초혜(草鞋)와 포립(布笠)

---

1) 서울.
2) 지금의 마포.
3) 볼기 치는 형.
4) 둘째 아들. 한글 본은 '말자 손자'.
5) 곧 이지함.
6) 이산해. 조선 선조 때의 상신(相臣). 호는 아계.
7) 이산보. 조선 선조 때의 명신(名臣). 호는 명곡.

으로 관아로 나가니 관인(官人)이 음식을 드린즉, 익히 보고 하저(下箸)[8]를 아니하여 가로되,

"먹을 바가 없도다."

하인이 뜰에 꿇어 가로되,

"고을에 토산(土産)이 없어 소반 음식이 다른 맛이 없으니 청컨대 고쳐 드리리이다."

하고 아름다운 음식을 성대히 차려 나온즉 또 익히 보아 가로되,

"먹을 바가 없다."

하니 하인이 떨면서 무서워하여 청죄(請罪)하거늘 지함이 가로되,

"우리나라 민생(民生)이 곤고하기는 다 음식 존절(僔節)[9]하기 죄를 받음이라. 나는 밥을 소반 쓰는 것을 싫어하노라."

하고 하리(下吏)를 명하여 오곡을 섞어 밥 지어 한 그릇과 나물국 한 그릇을 갓을 담는 상자에 담아 내오게 하더라.

이튿날 고을 가운데 품관(品官)[10]이 오니 마른 나물로 죽을 쑤어 권한대, 품관이 관(冠)을 숙이고 숟가락을 들어 잠깐 먹고 토하되 지함은 먹기를 다하더라.

미구에 벼슬을 버리고 돌아가니, 고을 백성이 길을 막고 만류하다가 이루지 못하더라. 후에 아산 현감이 되니, 한 노리(老吏)가 죄를 범한 이 있거늘 지함이 가로되,

"네 비록 늙으나 마음은 아해라."

---

8) 음식을 먹음.
9) 씀씀이를 절약함.
10) 벼슬아치.

하고,

　"관(冠)을 벗기고, 흰 털을 매어[1] 하여금 벼루를 가지고 책상 앞에 뫼시라[2]."

하니 노리(老吏)가 혐의를 품고 몰래 오공즙(蜈蚣汁)[3]을 술에 타 가지고 올리니 이를 마시고 지함이 죽으니 나이 육십이 못 미치더라.

　이지함은 유민이 해어진 옷으로 빌어먹음을 불쌍히 여겨 주린 백성을 위하여 큰 집을 지어 드리고, 수업(手業)으로써 가르칠새, 사농공고(士農工賈)를 직접 면대해서 이르고 귀에 익지 않음이 없어, 각각 그 의식(衣食)을 넉넉히 하고, 가장 무능한 자는 많이 짚을 주어 하여금 짚신을 짓게 하여, 친히 그 역사(役事)를 가르쳐 하루에 능히 열 켤레의 신을 이루는지라, 저자[4]에 팔면 하루는 공(工)이 한 말 쌀을 준비하고 그 남은 것을 밀려 옷을 이루니, 수개월 사이에 의식이 다 풍족하나 그 괴로움을 이기지 못하니, 오래 되지 아니하여 도망하는 자가 있으니, 이로써 보건대 더욱 민생이 게으름으로 인하여 주림을 보더라. 비록 피륭(疲癃)[5]하고 백무일능자(百無一能者)[6]라도 스스로 짚신을 삼지 못하는 이는 없으니라.

　지함의 백성 근효(近效) 가르침이 이러하더라.

---

1) 백발을 어린아이같이 땋아 내려.
2) 현감 책상머리에 시립하라. 즉 방자 구실을 시킴.
3) 지네를 삶은 물. 지네즙.
4) 시장.
5) 한글본에는 '긔륙'. 쇠퇴하고 늙고 병듦.
6) 백 가지 중 한 가지 재주도 없는 자.

한 산맹(山氓)이 무무(貿貿)[7]하고 무식하여 사람의 집에 부치어 품 팔더니 봄을 당하여 염병(染病)하여 달이 지난 후 일어나 뫼에서 나무하더니, 산불이 처음에 붙어 단 향기가 바람을 따라 이르러 오거늘 그 향취를 찾아 골[8] 가운데로 들어가니 큰 구렁이가 타 죽어 재 가운데 흰 살이 반(半)은 터져 꽃다운 냄새가 가득한지라, 병 앓던 끝에 주렸다가 침 흐름을 깨닫지 못하여 사방으로 돌아보니 사람을 보지 못할지라. 이에 막대를 부러뜨려 저(箸)를 하여 그 피부를 헤치고 보니 살이 희기가 눈 같은지라 시험하여 맛보니 짐짓 기절한 맛이라. 싸 가지고 돌아가 염장(鹽醬)을 취하여 가만히 그윽한 곳에 두고 누일(累日)을 먹더니 바야흐로 진(盡)하매, 오래지 아니하여 뺨 위가 가려워 종기(腫氣)가 호로(葫蘆)[9]만하더니, 바늘로 헤치니 다른 것은 없고 붉은 이가 4, 5되나 되는지라 인하여 염장으로써 씻으니 쾌히 나은지라. 이로부터 종신 몸에 이가 없고, 다만 낯이 누르고 붉은빛은 적더라.

서울 선비가 일로 인하여 북도(北道)에 가다가 덕원에 이르러 점심을 시내 위에서 하더니 한 무부(武夫)를 만나니, 용모가 심히 넉넉하고 위인(爲人)이 관대한 장자(長者)라. 추솔(麤率)이 많고 안마(鞍馬)가 극히 번화한지라. 또한 시내 위에서 쉬어 장막(帳幕)을 베풀고 먹더니, 인하여 더불어 치관(致款)하고 이윽하여 무부의 종자가 이르러 어회(魚膾)를 바치는데, 결백하고

---

7) 교양이 없어 언행이 무지하고 서투름.
8) 골짜기.
9) 호리박.

엷기가 매미의 날개 같은지라, 초장에 찍어 먹으니 또한 맛이 아름다운지라. 선비를 권하여 한가지로 먹어 각각 두어 그릇을 다 하였더니 이튿날 또 문천(文川) 주막에 이르러 무부가 먼저 가 막내(幕內)에 앉았더니, 막 뒤로부터 회(膾)가 나오기 여전하니, 다 먹고 파하였더니 고원(高原)에 이르러 또 여전히 하더라. 선비가 대소변을 보러 마침 막 뒤에 갔다가 배암의 머리와 배암의 껍질이 낭자히 있음을 보고 괴이히 여겨 그 종자더러 물은즉 종자 가로되,

"무부의 종이 시내 다리 아래 엎드려 풀잎을 따서 불어 소리를 낸즉, 큰 배암이 다리 아래로부터 나오니 노끈을 이끌어 그 목을 매어서 잡아 막 뒤로 들어오거늘, '어디 쓰려 하느냐?' 물은즉 가로되, '약하려 하노라' 하거늘, 따르고자 한대 다 꾸짖더라."

한대, 선비가 비로소 깨우치니,

"엊그제 회가 고기가 아니요, 배암이로다."

하고 객객(喀喀)히 토하고 이로부터 동행을 아니하니 대개 무부는 음창(淫瘡)이 있어 이것이 아니면 좋은 약이 없음이더라.

임해군[1]이 개와 닭과 거위, 오리, 비둘기 치기를 좋아하여, 그 수가 각각 수천백이니 날마다 곡식 수십 석씩 허비하는지라 매양 동복(童僕)으로 하여금 몰아서 쌀 저자에 가 떨어진 곡식을 먹이고, 혹 하나를 잃으면 10배를 물리니, 동복이 인하여 시인(市人)에게 행패부리기를 마지아니하더라.

---

1) 조선 선조의 첫 서자. 이름은 율. 광해군이 즉위하자 역모로 몰려 사사됨.

오리가 4시에 알을 낳는 것은 이름하여 사시압(四時鴨)이라 하고, 그 수 누백(累百)이라. 임해의 아우 순화군[2]이 성품이 잔인하여 죽이기를 좋아하고, 또 풍병(風病)[3]이 들어 사람을 무수히 해하는지라 그 오리를 날마다 50씩을 훔쳐 먹기를 수일째 하니, 임해가 싫어하되 감히 말을 못하는지라 그 집에 있는 자가 가로되,

"대감의 위엄이 일국(一國)에 행하여, 사람이 무서워 아닐 자가 없는지라. 저 순화군은 아우라 어찌 감히 날마다 오리 먹기를 이와 같이 하리요. 어찌 친히 가서 달래지 아니하느뇨."

임해가 가니, 순화군이 문에서 맞아 집에 올려[4] 절하여 가로되,

"대감이 즐겨 불초(不肖)에게 오시도다."

하고 시비(侍婢)를 명하여 잔을 드릴새, 진수방장(珍羞方丈)[5]이라. 임해 이 말을 미처 하지 못하여 순화군이 먼저 청하여 가로되,

"제(弟)의 집이 가난하여 타는 말이 없더니 들으니 대감께 연철총(連鐵驄)이 있다 하니 원컨대 대랑피(大狼皮) 황동안(黃銅鞍)을 갖추어 제(弟)를 주소서."

임해가 머뭇거리고 다른 말로 막자르더니 순화군이 무릎 아래서 보검(寶劍)을 내니 날이 해에 비추이는지라. 어루만지며 두세 번 고청(固請)하니, 임해가 마지못하여 허락하고 물러와

---

2) 선조의 6남. 이름은 보.
3) 중풍.
4) 당(堂)에 오르게 하고.
5) 진기한 찬수가 많이 차려짐.

마침내 그 오리를 돌아 보내기를 청하지 못하고 연철총에 보안(寶鞍)을 지어 주었더니, 임해가 패하매 총 멘 군사가 문을 막고 궁(宮)을 에우매, 모든 짐승이 다 주려 사냥개에게 죽은 바가 되니라.

순화군은 사람 죽이기를 마지아니하니, 선왕(先王)이 궁문 밖에 가두시기 잦은지라. 약간 글자를 알더니 하루는 글을 써 지키는 아전(衙前)을 뵈어 가로되,

"홋집이 높이 솟았는데 팔풍(八風)이 길이 부니 얼어 죽기 정녕하도다."

아전이 상(上)께 들린대, 상이 불쌍히 여기사 놓아 계시더니 명년에 죽으니라.

최연(崔演)이란 자는 강릉 사람이라. 김시습[1]이 중이 되어 설악산에 숨었다는 말을 듣고 동지(同志) 소년 5, 6인으로 더불어 같이 놀며 배우기를 청하니 시습이 다 사양하고 홀로 연(演)으로써 가히 가르침직하다 하여 반(半) 해를 머물러 두어, 사제의 도(道)를 다하여 자나 일어나나 곁을 떠나지 아니하더니, 매양 달이 높이 뜨고 밤이 깊으면 오매(寤寐)하는 듯 보이더니, 하루는 시습의 간 바를 모르니 침석(枕席)이 비었는지라.

연이 마음에 이상히 여겨 감히 따르지 못하고 찾지 못한 지 여러 번이더니, 하루는 밤이 깊고 달이 또 밝은지라, 시습이 옷 입고 관(冠) 쓰고 가만히 나가거늘 연이 멀리 그 뒤를 따라 한 산골짜기와 한 재를 넘어가 수풀 깊은 데서 바라보니, 재 아래

---

1) 세조 때 생육신. 호는 동봉. 문집으로 《금오신화》·《매월당집》 등이 있음.

큰 반석이 있어, 평(平)하고 넓기가 가히 앉음직한지라. 두 객이 있으니, 어디서부터 온 줄을 알지 못하더라. 서로 읍하고 돌 위에 앉아 말하니 멀어서 능히 그 말을 듣지 못하는지라. 한참만에야 흩어지거늘 연이 먼저 돌아와 자던 데 누웠기를 전과 같이 하였더니 이튿날 시습이 연더러 일러 가로되,

"처음에 너로써 가히 가르침직하다 하였더니, 이제야 그 번조(煩躁)함을 깨달았으니, 가히 가르치지 못하리로다."

드디어 하직하니, 마침내 그곳을 알지 못하고 더불어 말하던 자는 사람인지 신선인지 알지 못하더라.

노령[2]은 전라도 장성 땅에 있으니 재 아래 사람이 있어 사냥하기로써 업(業)을 삼을새, 집에 스무남은 개[3]를 기르더니 하루는 크게 취하고 집에 돌아오니 집사람이 다 밭이랑에 가고 없는지라. 크게 취하여 화로 앞에 거꾸러졌더니, 옷이 불에 닿아 점점 몸이 타니, 고기 익는 냄새가 집에 가득한지라.

뭇 개가 모여 와서 먹어 다 없어진지라. 집 사람이 돌아와 보고 놀라며 서러워 뭇 개를 박살하니 그중에 개 5, 6이 빠져 산중으로 들어가니 입에 사람의 고기를 맛보았는지라 사람 잡아먹기를 생각하여 노령 수풀 가운데 숨었다가, 사람이 홀로 지나감을 보면 뭇 개가 내달아 물어 끌어 수풀 가운데로 들어가서 먹어 날마다 써 덧덧함[4]을 삼으니 고을 사람이 근심하여 중(衆)을 모아 멸하니라.

---

2) 갈재.
3) 한문본에는 '수십견(數十犬)'.
4) 일상적인 일이 되어 버림.

동해에 작은 고기가 있으니 매우 흰지라. 풍파를 따라 언덕 위에 밀리니 거민(居民)이 취하여 먹는지라. 아국(我國) 북도(北道) 중(僧)이 이름하여 가로되 '초식(草食)'이라 하여 먹기를 꺼리지 아니하는지라. 마침 지나가는 중이 있어 북에 들어가니 거승(居僧)이 백어탕(白魚湯)[1]을 사발에 가득히 주니, 그 중이 괴이히 여겨 물은즉 가로되,

"북방은 이로써 초식이라 일러 먹기를 나물같이 한다."
하였는지라.

내가 듣고 심히 웃었더니, 뒤미처 두시(杜詩)를 보니 백어로 제(題)를 삼고 글에 가뢰었으되,

희고 작은 것이 무리지어 명(命)을 나누니,
천연히 두 촌(寸) 만한 고기러라.
가늘고 작아 수족(水族)에 첨하였으니,
풍속이 동산 나물을 당하는도다.

하고 그 주(註)에 가로되,
"《빈퇴록(賓退錄)》[2]에 하였으되, 청주도경(淸州圖經)에 그 풍속 말이 있으니, 거상(居喪)하여 해락(醢酪)[3]과 주육(酒肉)을 먹지 아니하되, 백어로써 나물을 삼는다."
하였더니 이제 북녘 백성이 많이 그러하여 '고기 나물'이라 하니 우리 북방 풍속이 한가지로다.

---

1) 뱅어탕.
2) 명나라 조선정 찬. 여리(閭里)의 풍속 및 구문기사(舊聞奇事)를 기록한 것. 4권.
3) 생선을 소금에 절여 만든 젓갈과 우유.

내가 참판 성수익[4]이 지은바 《삼현주옥(三賢珠玉)》[5]을 보니 북창 선생 정염[6]은 뛰어난 인물이라.

유도석지조화(儒道釋之造化)와 다른 잡술(雜術)을 다 배우지 않아도 능히 하니, 항상 스스로 써 하되,

"석씨의 타심통지법(他心通之法)을 문호(門戶)를 얻지 못함을 한을 삼아, 뫼에 들어가 사흘을 고요히 보매, 통연히 깨달아서 뫼 아래 백 리 밖 일을 알기를 부서(符筮)[7] 합한 듯하여 하나가 그르지 아니하도다."

하더라.

그 아비를 따라 중원[8]에 들어가, 유구국[9] 사신을 만나니 사신이 또한 이인(異人)이라. 제나라에 있을 제 역리(易理)를 풀어 중국에 들어가 진인(眞人)을 만날 줄 알고, 중로(中路)에서 찾다가 못하여 북경까지 이르러 제국저관(諸國邸館)을 두루 찾았으나 그 사람을 만나지 못하고 한번 북창을 보매, 송구스러이 당(堂)에서 내려와 절함을 깨닫지 못하고, 그 탁중(橐中)[10]을 뒤져서 작은 책자를 꺼내니 "모년 모월 모일에 중국에 들어가 진인(眞人)을 만나니라." 하고 적음이 있는지라. 북창을 뵈어 가로되,

"이른바 진인은 그대가 아니고 뉘리요."

---

4) 조선 명종 기미(1559)년에 문과에 급제. 호는 칠봉. 벼슬은 예조참판에 오름.
5) 정렴 등의 시집. '삼현(三賢)'은 북창 외 미상.
6) 명종 때의 학의. 호는 북창. 천문 · 의학에 정통하여 관상감 혜민서 교수 역임.
7) 부적.
8) 중국.
9) 현재의 일본 유구.
10) 가지고 다니는 짐.

하더라. 그 사람이 역리에 정통하니, 북창이 크게 기뻐하여 삼 주야(三晝夜)를 같이 거하고 주역(周易)을 의논할새, 중국어 어 음(語音)을 기다리지 않고 다 통하더라.

일찍이 한 방에 있어 연단화후지법(煉丹火候之法)[1]을 공부할 새 손이 오니 곧 한사(寒士)[2]라.

큰 겨울 추위를 견디지 못하니 북창이 곁의 찬 쇳조각을 집어 불에 댔다가 손더러 겨드랑 밑에 '끼우라' 하니 그 손이 화로 속에 앉은 듯하여 흐르는 땀이 몸에 가득하고, 또 사람이 고질 을 얻어 여러 달에 침약(鍼藥)이 다 효험이 없더니 북창이 좌석 에서 풀 한 줌을 집어 입으로부터 덥게 하여 병인(病人)을 달여 먹이니 즉시 낫더라. 불행하여 일찍 죽으니 나이가 마흔 넷이더 라.

김담령이 흡곡 현령이 되어, 일찍이 봄에 구경을 나가서 해상 에서 잘새 어인(漁人)더러 물어 가로되,

"무슨 고기를 잡았느냐?"

대하여 가로되,

"인어(人魚) 여섯을 얻었더니, 그 둘은 상하여 죽고 그 넷은 아직 살았다."

하여 내어 뵈니, 다 네 살은 먹은 작은 아해 같고, 용모가 맑고 아름답고 콧날이 높고 귀바퀴가 분명하고 머리털이 누르고 검 어 이마에 덮이고, 눈에 흑백이 분명하고, 동자(瞳子)가 누르 고, 몸이 혹 붉으며, 혹 매우 희며, 등 위에 검은 문(紋)이 있되

---

1) 도가 수련법.
2) 가난한 선비. 세력 없는 선비.

담(淡)하고, 남녀 음양 마치 사람 같고, 수족(手足) 바닥의 금과, 무릎을 안고 앉으매 사람과 다름이 없고, 사람을 만나면 소리 없이 흰 눈물을 비 오듯 흘리는지라, 담령이 불쌍히 여겨 놓기를 청하니 어인(漁人)이 심히 아껴 가로되,

"인어를 기름 내면 심히 맛이 있고 오래도록 상하지 아니니, 고래 기름이 날이 오래면 냄새가 나느니보다 나으니라."
하거늘 담령이 빼앗아 바다에 놓으니 가는 양이 마치 귀별(龜鼈)[3] 같은지라. 어인이 가로되,

"인어의 크기 예사 사람 같으니 이는 특별히 작은 아해라."
하더라.

이지봉 수광[4]이 안변 부사를 하였을 때에 그 땅 백성이 바다에 표풍(漂風)하였다가 돌아온 자가 있어 가로되,

"일찍이 세 사람으로 더불어 작은 배를 타고 바다에서 고기를 잡다가, 큰 바람을 만나 서(西)로 7일 7야를 행하여 잠깐도 쉬지 못하고 홀연 한 곳에 이르러 언덕에 배를 대고 자더니, 물결 소리가 흉용하여 점점 가까와 오거늘 눈을 들어 보니, 큰 사람이 허리 아래는 물에 들고 허리 위는 드러나니 그 길이가 스무남은 길이나 되고, 그 머리와 눈과 몸이 극히 웅장하여 비할 데 없는지라. 세 사람이 배를 저어 피하고자 하더니 이미 뱃전을 잡아 엎치고자 하니, 창황히 큰 도끼를 들어 그 팔을 찍으니 큰 사람이 버리고 뫼로 올라가거늘 세 사람이 배를 인하여 가며 돌아보니 뫼 위에 섰는 양이 높아 하늘을 꿰찰 듯하고 크기가

---

3) 거북과 자라. 한글본에는 개구리로 됨.
4) 조선 인조 때의 문관. 호는 지봉.

산악 같은지라, 무슨 땅인 줄 모르고 다시 서풍을 만나 우리나라 해남 강진 땅에 닿아 돌아오니라."

하더라. 일찍이 들으니 《동국통감(東國通鑑)》[1]에 하였으되,

"계집이 죽어 바다에 뜬 자가 있으니 그 몸[陰]이 7척이라."

하니 대개 해외에 거인국이 있는가 싶으니 방풍(防風)[2]씨 장적(長狄)[3] 교여(僑如)[4]의 자손인저!

안덕수는 소경대왕조[5] 명의(名醫)라. 나이 늙고 병이 많아 사람으로 더불어 드물게 보되, 그 진맥(診脈)하고 명약(命藥)함에 백에 하나를 틀리지 아니하니, 고질이라도 못 다 살리는 병이 없는지라 세상이 일컫기를,

"양예수[6]는 패도(覇道)[7]로써 효험이 빠르되 사람이 많이 상(傷)하고, 안덕수는 왕도(王道)로써 효험이 더디되 사람을 상하지 아니하니 시론(時論)이 많이 안가(安哥)에게 돌아가니라."

하더라. 한 사람이 사질(邪疾)[8]을 얻어 여러 달을 고통하더니, 안덕수는 약을 써 다스려 그 증정(症情)이 다섯 번 변하되 다

---

1) 조선 성종 명(命) 찬(撰), 서거정 편.
2) 하나라의 제후. 하나라의 우가 천하를 평정하고 제후를 회계에서 모을 적에 늦게 와서 주륙되었다고 함.
3) 옛 북적의 일종. 신장이 100척이나 되었다고 함.
4) 산해경 장각국의 교인(僑人)인 듯함.
5) 조선 세종조.
6) 조선 선조 때의 의관. 태의로서 《동의보감》 편집에 참여. 박세거·손사명 등과 함께 《의림촬요》를 저술함.
7) 시약에서 약성이 부드러운 약을 씀을 왕도라고 하고, 단방이나 침술이나 독약을 써서 병을 고치는 것을 패도라고 함.
8) 정신병.

효험을 본지라, 밤에 꿈에 한 사람이 덕수더러 일러 가로되,

"내가 이 사람과 적세(積世) 원수 있어 이미 상제(上帝)께 고하고 '반드시 죽이고 말라.' 하여 이미 다섯 번 병증을 변하여 써 약을 피하되, 공이 다섯 번 변하여 말리니, 내 장차 공을 이기리라.[9] 명일에 마땅히 그 병을 여섯 번째 변할 것이니 공이 만일 새 약으로 다스리면 마땅히 그 원수를 옮겨 공에게 빌매되리라."

덕수가 깨어서 괴이하여 하더니, 이윽고 병가(病家) 사람이 와 병을 물으니 과연 여섯 번째 변한지라. 덕수가 '병들었노라' 일컫고 아니 갔더니, 마침내 그 사람이 죽으니 슬프다!

사기(邪氣)가 사람에게 비록 빌매되는 일이 있으나 반드시 영위(榮衛)[10]의 허함을 인하여 그 사특(邪慝)함을 발뵈고 사람이 능히 양약으로 막으면 사기가 틈을 타지 못하는지라. 내가 고황(膏肓)[11] 두 아해 말에 깊이 의심이 있어 의서(醫書)를 상고(詳考)하니, 고(膏) 아래와 황(肓) 위에 가히 다스릴 약이 있는데 진(秦)나라 의(醫) 완이 또한 이수(二竪)의 빌매를 두려워서[12] 몸에 빌매될까 의심한 일이냐? 아깝다. 덕수가 한 꿈에 혹하여 마침내 사람을 구하지 않았도다.

진기경이란 자가 일이 있어 나갔다가 냇가에서 말을 먹이며

---

9) 한글본에는 '이기지 못한지라'.

10) 혈기.

11) 고와 황. 가슴속.

12) 한문본에 '진지의완 역박이수지숭이야(秦之醫緩 亦怕二竪之崇已耶)'. 이수(二竪)는 병마. 진(晉)나라의 경공이 병에 걸렸을 때 꿈에 두 아이가 나타나 고황 사이에 숨었다는 고사.

쉬더니, 홀연히 사람의 자채옴[1]하는 소리가 나는지라. 돌아보매 보이는 것이 없어, 이러하기가 잦더니 인하여 곤하여 잠이 드니 꿈에 포의(布衣) 사인(士人)이 읍하여 가로되,

"내 지원(至冤)함이 있어 그대를 향하여 할고자 하더니[2] 그대가 능히 내 원을 좇을까 보냐?"

기경이 허락하여 가로되,

"시험하여 말을 하라."

사인이 가로되,

"복(僕)의 성명은 아무요, 모지(某地)에 살더니 내게 종이 있으니 심히 완포(頑暴)하고 사나온지라 장차 몇째 아들에게 전하고자 하니, 그 아들은 성이 엄한지라, 그 종이 원망하여 내 말의 견마(牽馬)[3]를 잡고 나갔다가 나를 죽여 예 묻고 내 아들이 상측(喪側)에 있어 조석으로 제 지낼 제 이 종으로 하여금 참례시키니, 내가 무서워 감히 먹지 못하는지라, 장차 아무 날로써 종제(終制)[4]하니 이날 그대는 내 아들을 보고 내 원수를 갚고, 내 뼈를 거두게 하라. 내 뼈는 저 냇가 나무 아래 묻혔으니 풀잎이 바람에 따라 코에 들면 재채옴하노라."

하고 또 그 종의 상모(相貌)를 심히 자세히 이르니 기경이 놀라 깨어 고이히 여겨 나무 아래 쑥을 헤치고 모래를 파니 과연 사람의 해골이 있고, 풀잎이 바람을 따라 콧구멍에 출입하는지라. 이날에 이르러 그 집을 찾으니, 새로 결복(闋服)한 자가 있어 기경

---

1) 재채기.
2) 호소하려 하더니.
3) 한문본에는 위아집기(爲我執羈).
4) 상복 기간이 끝남.

을 보고 전도(顚倒)히 맞아 대접하고 먹임이 극히 풍성한지라. 기경이 그 아비가 무슨 연고로 어느 곳에 가 죽은고 물으니 가로되,

"아비가 나가 노다가, 죽어 오지 못하고 그 죽은 곳을 알지 못하여 이 뫼에 허장(虛葬)하였더니, 어제 꿈에 죽은 아비가 와서 이르되 '오늘 처음 오는 손을 음식 대접하기를 날과 같이 하면 반드시 내 죽은 곳을 가르치리라' 하니, 아지못게라, 그대 무엇을 가르치려 하나뇨."

기경이 홀연히 정신이 혼몽하여 꿈 같고 병풍 사이에서 말소리가 있어 가로되,

"이 뜰에 지나간 자는 그 종이라."

하거늘, 익히 살피니 면목이 냇가에서 듣던 말과 같은지라, 기경이 이에 귀에 대고 연고를 이르니, 상인(喪人)이 거짓 작은 허물로써 그 종을 동여매고 큰 매로 치니 낱낱이 승복(承服)하는지라. 이에 죽여 찢고 아비 뼈를 내 위에 가 거두어 옛 뫼에 장사하니라.

참판 이택[5]은 우리 망형(亡兄) 몽표의 처부(妻父)라. 가정 계해년[6]에 평안도 절도사를 하니 가권(家眷)이 따라가 영변에 머물더니 그 고을에 한 백성이 있으니, 지극히 어리석어 한 글자를 모르되 귀신이 접하여 무당 노릇을 하니, 스스로 일컫기를 한나라 승상 황패[7]의 신령(神靈)이라 하고, 능히 화복길흉을 말

---

5) 조선 중종 무술(1538) 문과에 급제하여 벼슬이 예조참판에 오름.

6) 조선 명종 18(1563)년.

7) 한나라 때 사람. 선제 때 정위성에 제수되고, 하후승의 일에 연좌되어 계옥되었으나 이어 전천 태수에 발탁되고, 뒤에 승상에 이름. 한대 치민(治民)의 이(吏)는 패(覇)로써 수(首)를 삼았음.

하매 반드시 맞는지라 택(澤)의 집 사람이 아중(衙中)에 불러들여 점(占)칠새, 호갈전도(呼喝前導)하는 소리가 마치 창승(蒼蠅) 소리 같아서 먼 데로부터 가까이 와 첨하(簷下) 기슭에 이르니 무당이 뜰에 내려 부복하여 맞고, 귀신의 한 군사(軍士)가 죄 짓다 하여 관정(官庭)에서 볼기를 칠새 부르고 헤는 소리가 넉넉히 모기 소리 같더라.

때에 형의 아내가 아기를 배어 안태(安胎)하지 못하고 배 앓은 지 여러 날에 약의 효험이 없거늘 귀신더러 물으니 가로되,

"3년 묵은 토련[1] 줄기를 얻어 죽을 쑤어 먹으면 반드시 나으리라."

다 가로되,

"민가에서 토련을 캐어 먹고, 줄기로 나물하여 먹으니 한 해 묵은 것도 없는지라 어찌 3년 묵은 것을 얻으리요."

신(神)이 가로되,

"어천(魚川) 역졸 아무개 집 부엌에 엮어 달았으니, 가히 얻으리라."

사람을 보내어 그 집에 가 얻으니, 과연 3년 묵은 것이라. 가늘게 썰어 죽을 쑤어 먹으니 즉시 낫고, 남녀를 물으니 신이 가로되,

"밭 전(田) 아래 힘 력(力)이니, 이 아해 반드시 귀하리라."
하더니 명년 갑자에 과연 아들을 낳으니 지금 가선대부 대사간(大司諫) 유숙[2]이라.

---

1) 토란.
2) 선조 정유(1597)년 대과. 관직은 부제학. 호는 취흘.

전영달은 문관이다. 젊어서부터 글 잘하기로 이름하였더니 과거를 미처 하지 못하여 객(客)으로 완성(完城) 가서 놀다가 지정에서 잘 새, 푸른 연잎이 물을 이고, 월색(月色)이 희미하게 밝더라. 집 두 간 내외에 다 분합(分閤)이 있으니, 분합을 닫고 술에 취하여 홀로 자더니, 홀연히 신발 소리가 먼 데서부터 가까이 다가와 내외 분합을 밀치고 들어오니, 한 미인이 용태 절등(絶等)히 고운지라 영달(穎達)이 취중에 눈을 떠 한 번 보고 다시 자니, 미인이 문을 닫치고 나가더니 꿈에 뵈어 가로되,

"슬프다, 무정랑(無情郞)이여! 내가 마음에 반겨 재한(材翰)을 사모하여, 무릅쓰고 청광(淸光)³⁾에 가깝고자 하였더니, 취하여 살피지 아니하니 내가 창연히 나와 연 앞에 글을 쓰고 묵⁴⁾ 하나를 머물러 두니, 나를 위하여 이 묵을 굳이 감추어 잃지 말면 후에 반드시 높이 과거하고 벼슬이 또 나타날 것이요, 만일 잃으면 불길하리라."

영달이 아침에 일어나 보니, 바깥 분합 가운데 연잎 꺾은 것이 있고 그 잎 위에 글 쓴 것이 있으니 글에 가로되,

먼 데 손이 침몽(沈夢)하여 불러도 듣지 아니하니,
조으는 연꽃이 달에 흔들려 물결에 춤추는도다.
오늘 밤 가기(佳機)를 응당 하늘이 아끼니,
머물러 '광산일편운(光山一片雲)'을 주노라.

그 글 곁에 묵 한 장이 있으니, 광산편운이라 새겼더라.

---

3) 상대방을 높임. 귀인의 맑은 모습.
4) 먹.

대개 연잎이 먹을 잘 받지 아니하되 이는 자획이 심히 분명하니 영달이 심히 고이히 여겨 그 묵을 봉하여 비단 주머니에 넣어 갖추었더니, 후에 과거하여 벼슬로 외방(外方) 가서 기생 하나를 두었더니, 취한 때를 타서 주머니를 뒤져 묵을 보고 도적하여 제 주머니에 넣었더니 영달의 꿈에 그 미인이 보이며 노하여 가로되,

"그대를 사랑하여 묵을 주고 '잃지 말라' 하였더니 어이 식언(食言)하느뇨."

영달이 깨어 주머니를 열어 보니 묵이 없는지라 기생더러 일러 가로되,

"내 주머니에 잃은 것이 있으니 희롱 말고 달라."

하니 기생이 웃어 가로되,

"본 일 없노라."

영달이 굳이 비니 가로되,

"웃기노라고 주머니를 뒤져 보니 묵이 있거늘 과연 내어 내 주머니에 넣었노라."

하고 제 주머니를 헤치니, 잡아매고 봉한 것은 의구(依舊)하되 묵이 없는지라 영달이 탄식하여 가로되,

"신녀(神女)의 준 바를 잘못 감추어 잃었으니, 그 노하여 하리로라."

하더니 그 후에 벼슬을 높이 하지 못하니라.

유대수는 옛 재상 유강[1]의 손자라. 벼슬이 정언(正言)에 이르러 일찍이 상인(喪人)이 되어 묘하(墓下)에 가 수상(守喪)하더

---

1) 조선 중종 신축(1541)년 별시 입격. 관직이 호판에 이름.

니, 종 하나가 원망하여 죽이고자 하더니 대수(大修)가 밤중에 꿈을 꾸니 강(絳)이 창황히 와서 창(窓)을 밀치며,

"빨리 일어나 거꾸로 누우라."

하여 놀라 깨니, 땀이 몸에 흐르고 무섭기 심한지라 그때 창 쪽에서 누웠다가 마침내 거꾸로 금침(金枕)을 도로 집어 깔고 누워 자지 아니하더니 홀연히 한 놈이 창을 열고 무엇을 두 다리 사이에 꽂고 가거늘, 놀라 만져 보니 큰 칼이 다리 사이에 꽂혀, 이불과 요를 뚫고 바닥까지 들어갔는지라 여러 종을 불러 쫓으니 도적이 강(絳)의 무덤 위에 엎디어 가지 못하는지라 잡아죽이니 사람이 다 하기를,

"강의 신령이 그놈을 잡아 무덤 앞에 두어 도망치지 못하게 하였다."

하더라.

현풍 땅 곽준[2]의 자(字)는 양정이니 독학역행(篤學力行)이요, 효우(孝友)가 지극하여 사람들이 사랑하며 공경하지 아니하는 바가 없더라.

임진란에 뜻이 같은 사람으로 더불어 분의(奮義)하여 토적(討賊)하니, 조정이 특별히 안음(安陰) 현감을 시키시니라.

황석산성이 거험(據險)한 데 있다 하여, 이에 얽어매어 영수(嬰守)[3]할 계교를 하더니 체찰사[4] 이원익[5]이 이르되,

---

2) 조선 선조때 무인. 호는 존제. 1597년 정유재란에 안음 현감으로서 김해 부사 백사림과 함께 황석산성을 지키던 중 가등청정이 이끈 왜군의 공격을 받고 전사.
3) 영성. 농성하여 굳게 지킴.
4) 지방에 군란이 있을 때 왕의 대신으로 그 지방에 가 일반 군무를 총찰하던 군직.
5) 선조·광해 때의 상신. 호는 오리. 문집 《오리집》이 있음.

"준은 유생이라."

하여 이에 김해 부사 백사림으로 하여금 장수 삼으니 준이 이에 두터이 대접하여 사력을 기약하여 얻고, 또 함양 군수 조종도[1]와 더불어 의(義)를 맺어 지켜 방어하더니, 종도가 시로써 면계(勉戒)하여 가로되,

공동산 밖에 살기 비록 즐거우나,
순원성 가운데 죽는 것이 또 영화로다.

및〔뒤미쳐〕 그 예움[2]을 입으매, 백 사람의 백성이 다 일찍이 도적의 우익(羽翼)이 된 자가 가만히 도적으로 더불어 통하고, 밤을 타 도주하여 도적이 난만히 성중에 듦을 맡기니[3] 군사와 백성이 놀라 헤어지는지라 준이 종도와 더불어 단정히 앉아 움직이지 아니하고 준의 두 아들 이상, 이후가 또한 가지 아니하여 일시에 다 해를 입고 준의 딸은 그 지아비를 따라 성에 나가다가 더불어 서로 잃은지라 지아비가 이미 죽었다 하여 문득 다리[4]를 풀어 그 종을 주며 가로되,

"내가 써 이에 이름은 소천(所天)[5]을 위함이 되니 이제 문득 서로 잃었으니 차마 몸을 난병(亂兵)중에 던져 구차히 살지 못하게 하였다. 네가 살아 돌아가 구고(舅姑)[6]께 고하라."

---

1) 조선 선조 때 문신. 항왜의병장. 호는 대소헌. 정유재란 때 의병을 규합하여 곽준과 함께 안의의 황석산성에서 왜장 가등청정의 군과 싸우다 전사.
2) 포위됨.
3) 들어오는 대로 내버려두니.
4) 머리의 다리. 즉 여자의 머리 털의 숱을 많아 보이게 하려고 덧넣은 딴머리.
5) 아내가 남편을 일컫는 말.

하고 목매어 죽고 이상의 처가 단성에 있어, 부가(夫家)가 다이미 몰락함을 듣고 또한 목매어 죽으니라. 아비는 충성에 죽고 아들은 효도에 죽고 딸과 며느리는 또한 절의(節義)에 죽어 한 집안 다섯 사람이 다 절의로써 죽으니 고금에 구하나 또한 드물게 본 바이라.

준은 증예조참의하고 이상, 이후는 증예조정랑하니라.

이상 조원기[7]가 미시(微時)에 정희량[8]으로 더불어 사귀었더니, 희량이 한림이 되매 원기가 찾으러 가니 만류하여 한가지로 자더니, 이튿날 아침에 명사(名士) 달관(達官)이 서로 부르며, 길이 막혀 이르러 가히 이기어 기록하지 못한지라 손이 가매 희량이 가로되,

"명류(名流)들이 나를 찾아오는 자가 발꾸미[9]를 이어 오니, 자네 마음에 저것을 더러이 여기느냐?"

가로되,

"한결같이 춥기가 이 같아 포관자(抱關者)[10]도 오히려 나보다 낫거늘, 하물며 저 금마옥당(金馬玉堂)의 선비야?"

가로되,

"자네 그 부러워 말라. 한갓 아침 이슬이니, 자네 같은 자는 궁사십 달사십(窮四十 達四十)[11]에 수(壽)가 그 가운데 있느니

---

6) 시아버지와 시어머니.
7) 영산 중종 때의 문신. 벼슬은 좌참찬.
8) 음양가. 성종 임자(1492)년 생원 장원. 호는 허암. 벼슬은 한림.
9) 발뒤꿈치. 답지.
10) 수문자(守門者).
11) 궁하게 40 살고 현달해서 40 사는 것.

라."

하더니 얼마 안 가서 한강을 건너다가 파선(破船)하여 물 밑에 빠져 홀연 희량의 말을 생각하고 가로되,

"강절(康節)[1]이 어찌 나를 속인고?"

하고 포복하여 언덕에 사뭇고자 하나 물 가운데서 두 언덕을 분별치 못하는지라 인하여 산발하고 물로 갈 곳 보아 바로 물 밑을 베어 눈을 감고 행하여 언덕에 사뭇치되, 그 뭍〔陸岸〕임을 깨닫지 못한지라 길 가는 사람이 고이히 여겨 가로되,

"저 수족(手足)으로 행하는 자는 어떤 사람인가?"

하거늘 눈을 열어 보니 이미 사평 들에 다다랐더라. 그 후 40에 비로소 달하여 벼슬이 찬성까지 이르니라.

정덕 경진[2]에 무사 1천을 빼어 급제(及第)를 삼으니, 호사자(好事者)가 일컬어 가로되,

"호반(虎班)[3]이 소 타고 달려 활 쏘다가 맞히지 못하면 소를 머물게 하고, 그 살을 빼어 두 번 쏘았다."

시관(試官)이 전하여 불러 가로되,

"저 거자(擧子)[4]는 어찌 써 소를 머물었느뇨?"

대답하여 가로되,

"소가 바야흐로 오줌 눈다."

하더라. 때에 묘당(廟堂)[5]에서 거말(居末)[6]한 자를 이끌어 물어

---

1) 중국 송(宋)의 음양가 소강절과 같은 이라는 뜻으로 여기서는 정희량을 가리킴.
2) 조선 중종 15(1520)년.
3) 무반.
4) 과거보는 선비.
5) 의정부. 조정.
6) 무과시에 맨 끝으로 합격한 자.

가로되,

"요사이 세상에 호반의 재주가 또 너보다 내리는 이[7]가 있느냐?"

대답하여 가로되,

"후방(後榜)[8] 장원은 내 재주 아래 되리라."

하니 당시에 다 써 하되,

"대답 잘하였다."

만력 계사년에 영유 행재소[9]에서 무사 200을 뽑을 제, 방금(邦禁)[10]이 엄치 아니하여 공사(公私)의 장획(臧獲)[11]이 또한 과거에 달려들어, 과거 도적하는 자가 있으니 판서 이항복[12]이 손으로 더불어 대하여 앉았더니 노복을 불러도 대답하지 아니하니, 항복이 가로되,

"가히 밉다. 이놈이 반드시 과거에 갔는가 보다."

하니 만좌(滿座)가 크게 웃더라.

가정 을사년에 나라 원옥(冤獄)이 있어[13] 저자에 버린 송장이 많아 여항(閭巷) 사녀(士女)들이 공계(恐悸)하매, 평거(平居)[14] 음침한 밤에는 그 집 비움을 무서워하더니, 첨지 이의의 집에

---

7) 아래 되는 이.
8) 한글본은 '이후'임.
9) 조선 선조 26(1593)년. 임진란 당시 평안도 영유에 있던 선조의 임시 머무시던 행궁.
10) 나라의 금제.
11) 종들. 공사천(公私賤).
12) 선조조의 상신. 호는 백사.
13) 조선 인종 원년(1545)년. 을사사화의 일.
14) 평상시.

장젓고[1] 가운데서 밤에 무슨 소리가 있어 은은히 독 속에서 우는 듯하거늘, 그 형상을 살피니 전혀 희고 꼬리와 허리는 다 저르고[2], 주둥이는 길이가 두어 자나 하여 반회(盤回) 방황하여 우니, 온 집안과 비복이 경해(驚駭)하여 감히 가까이 못 하여, 어떤 것인 줄 모르고 다 가로되,

"반드시 이는 원귀(寃鬼)가 요괴를 지었다."

하니 의는 무사라, 드디어 활을 다리어 그 주둥이를 쏘니 쟁연히 소리가 있어 헤어져 조각이 되고 흰 개가 몸을 빼어 달아나니, 대저 백항(白缸)[3]이 길이가 두어 자나 한데 젓을 담그니, 마을 개가 고(庫) 가운데 들어가 그 머리를 항아리에 넣어 두 귀에 걸려 다시 빼지 못한 연고라.

거가(擧家)가 저장대소(抵掌大笑)하더라.

의주 부윤 박엽[4]이 젊었을 때 난리를 만나 구을러[5] 동서로 다니더니 일처에 이르러 주가(主家)의 며느리 자태 있음을 보고, 마음에 기꺼하여 눈으로 이루었더니[6] 이윽하여 주가의 장부가 오니, 연소미용(年小美容)이라. 엽이 계교를 이루지 못함을 알고 밤이 장차 새벽이 된지라 마구(馬廐) 가운데 들어가 쇠고삐를 끄르고 송곳으로 소 볼기를 찌르니, 소가 놀라 구유문에서 나와 달아나니 주인이 옷을 입고 쫓아가니, 소가 이미 놀란지

---

1) 장염고. 장독간. 장과 젓갈류를 두는 곳.
2) 짧고.
3) 흰 항아리.
4) 조선 선조 · 광해군 때의 문신. 인조반정으로 사형당함.
5) 전전하여.
6) 목성지(目成之). 눈짓을 해서 서로 약조했더니.

라. 그 쫓아음을 보고 더욱 멀리 가니 엽이 그 계교를 밟아 주
인의 며느리와 견권(繾綣)하더니[7] 하늘이 이미 밝은지라 주인
이 이슬을 무릅써 옷을 다 적시고 소를 이끌고 들어오더라.

한준겸[8]이 평안 감사로 외우(外憂)를 만나 봉산을 지날새, 드
디어 관(棺)을 객사에 모셨더니 호상객(護喪客) 하나가 몽압(夢
壓)[9]하여 죽었다가 오랜 후에 살았는지라 가로되,

"한 관인이 있어 도종(徒從)이 심히 많은지라 나졸로 하여금
나치(拿致)하여 국문하여 가로되, '본군(本郡) 객관(客館)은 이
에 사명(使命)[10] 머무는 곳이요, 지령(地靈)이 옹호하는 바거늘
어찌 감히 죽은 이로 하여금 이에 섞이게 하리요. 사속(駛速)히
주상자(主喪者)를 나치하여 오라.' 귀졸(鬼卒) 수십 인이 겨우
갔다가 돌아와 가로되, '주상(主喪)은 곧 감사 한공의 하처(下
處)[11]라. 관하(館下)에 문신(門神) 호령이 옹졸·호위하는 자가
심히 많아 가히 범하지 못할러이다.' 관인이 크게 노하여 가로
되, '이전에 이수준이 연경에 갔다가 죽어 돌아와 이 객사에 종
당(宗黨)으로 머물러 써 객관(客館)을 더럽혀 오더니, 이제 또
그리하니 가히 놓지 못하더라. 감사를 만일 나치를 못 하거든
빨리 그 아들을 나래(拿來)하라' 하더라."

이날 밤에 준겸의 아들 소가 일몽(一夢)을 얻으니 또 이와 같
으니 미구에 병 없이 죽으니라. 옛날 요숭[12]과 송경이 미천할

---

7) '정을 통하다'의 은어.
8) 조선 선조 때의 문신. 서평부원군.
9) 꿈에 가위눌림.
10) 사신.
11) 관원이 머무는 곳. 여기서는 바로 그 사람을 가리킴.
12) 당나라 현종이 즉위하매 송경과 마음을 한가지로 해서 개원의 치를 이룩한 재상.

때 객점(客店)에 지나다가 자니 귀졸왕군(鬼卒王君)이 수호하여 감히 떠나지 못하니 재상의 그친[1] 바는 반드시 귀신이 옹위함에 있으니 어찌 기이하지 아니하랴.

남곤[2]이 방백(方伯)이 되어 기생을 면(眄)[3]한 바가 있더니 하루는 월색이 낮 같고 객사(客舍)의 배종(陪從)이 다 자는지라 홀로 기생으로 더불어 정제(庭除)[4]에 반환(盤桓)하더니, 기생더러 가로되,

"네 집이 어디 있나니?"

기생이 가리켜 가로되

"저 홍문 밖 가시문이 길에 임한 것이 소인의 집이오이다. 소인의 집에 술도 있고 밤이라 알 이가 없으니, 청컨대 사도(使道)로 더불어 달을 걸어 함께 가 취하며, 소창(消暢)하고 오면 또한 즐겁다 아니하리이까."

곤이 허락하여 가만히 손을 이끌고 나가니 관후자(館候者)가 알 이 없더라.

기생이 그 어미로 하여금 밀통하여 배반(盃盤)을 나와[5] 서로 더불어 단란(團欒)하여 취하여 졸린 줄 깨닫지 못하거늘 기생이 제집 사람으로 하여금 자리를 창 앞에 드리워[6] 밝은 빛을 사뭇치[7] 못하게 하였더니, 곤이 비식(鼻息)[8]이 여뢰(如雷)하여 일색

---

1) 머물은.
2) 조선 중종 때의 상신. 간신.
3) 가까이함.
4) 뜰. '제(除)'는 대문과 담 사이.
5) 내어와.
6) 돗자리를 창장 삼아 쳤다는 뜻.

(日色)이 이미 높으니 모든 아전이 다 사립문 밖에 모든지라[9], 곤이 놀라 일어나 가고자 하나 날빛이 이미 지게[10]에 있는지라 곤이 진퇴유곡이라. 드디어 사병(謝病)[11]하고 돌아간지라 이미 돌아가매 관념(關念)하여, 잊지 못하여 그 기생을 데려다가 드려 첩을 삼으니라.

일찍이 승취(乘醉)하고 전졸(前卒)로 하여금 뒤를 따르게 하고 당돌히 들어가니, 한 미남자가 있어 뒷문으로부터 나가거늘, 곤이 나와 앉지 않고 가로되,

"저 뒷문으로 나가는 자는 뉘뇨?"

기생이 놀라 체읍(涕泣)하여 가로되,

"영공이 만일 첩을 박대하려 하면 옳고, 죄를 주어도 옳거늘, 뒷문 손〔客〕이란 무슨 말씀이뇨."

하고 드디어 작은 칼을 빼서 한 손가락을 찍으니 곤이 크게 놀라 가로되,

"창녀의 두 마음 있기는 족히 모름지기 책망할 것이 아닌데, 그 자취를 감추고자 하여 사람의 차마 하지 못할 짓을 차마 하리."

하고 옷을 떨치고 나갔더니 이튿날 제집으로 실어 보내니라.

윤현[12]이 이재(理財)를 잘하여 호조판서가 되었을 때, 해어진

---

7) 통하지.
8) 코고는 소리.
9) 모인지라.
10) 지게문.
11) 병이라 일컫고 사직함.
12) 조선 명종 때의 문신.

돗자리와 푸른 선 베〔靑綠布〕를 다 고(庫) 가운데 감추어 써 불시의 가암〔需要〕를 기다리니 뭇 사람이 다 웃더라. 그 후에 해어진 돗은 조지서(造紙署)[1]에 부쳐 마전하여 종이를 지으니 지품(紙品)이 가장 아름답고, 푸른 선 베는 예조에 부쳐들 사람의 옷끈을 하여 하여금 조각도 베지 못하게 하여, 전필(全匹)이 다 쓸 때 당[2]하게 하고, 태창(太昌) 진부(陳腐)한 곳에 쥐똥이 반(半)이나 한지라 천사(天使)가 나올 때에 써 관사(館舍) 도벽(塗壁)을 시키니 쥐똥이 더욱 차지더라.

그 집을 다스리매 섭나무 얻기가 어려움을 근심하나 부엌에서 쓰기 절(節)이 없는지라 포백(布帛)을 내어주고 와서(瓦署)[3]에 가 소목(燒木)을 무역하여, 무딘 도끼로써 계집종을 주니, 계집종이 낯에 땀내며 스스로 찍어 한 쪽 아낌을 금같이 하여 마침내 낭비를 더니라.

문 앞에 밭 30묘(畝)가 있으되, 나물을 심지 아니하고 다 피〔稷〕를 가니 사람이 다 괴이히 여기더니 말 먹이는 놈을 맡겨 하루 한 이랑씩 베어 말 꼴[4]을 하니 1월에 30묘가 다 진하고 피는 쉬 나는 것이라, 전월에 벤 바가 익월로부터 자라기 두어 자씩 하니, 마졸이 문정(門庭)에 나들지 아니하여도 푸른 꼴이 넉넉 유여하여 하더니라. 하루는 집안 사람더러 이르되, 금년에 목화가 극천하니 베를 내어 갈아[5] 목화를 무역하여다가 다락에 쌓으니 들보에 닿는지라 허비하지 아니하고 두었더니, 두어 해

---

1) 종이 만드는 관아.
2) 적용.
3) 조선 때 관아에서 쓰는 기와, 벽돌을 만들던 곳. 동서 두 곳에 있었음.
4) 말먹이.
5) 팔아. 돈으로 바꾸어. 교환의 뜻.

못하여 목화가 극히 귀한지라 다 팔아 무곡(貿穀)하니 값이 10배나 한지라 1만 여 석을 얻고 가인(家人)더러 일러 가로되,

"너희가 치산(治産)을 마땅히 이와 같이 하라."

하니 나라와 집안에 이재 주밀(周密)하기가 이러하더라.

이충작은 효자라, 집이 가난하고, 어버이 섬김을 지성으로 하여 사마시[6]를 한지라 날마다 학관(學館)[7]에 나아가 권점(圈點)[8] 300을 채우더니, 일찍이 하늘이 비 오는지라 나무 신을 신고 노로 끈하여 잡아 매고 가다가, 그 벗 병조좌랑을 길에서 만나 말에서 내려[9] 길가 집에 들어 앉아 말하다가 석점(夕點)[10]을 미쳐 가고자 하되, 길이 질고 신 끈이 떨어진지라 안마(鞍馬)[11] 빌리기를 벗에게 청한대 벗이 이에 허락하고 가만히 마전(馬前)[12] 조예(皂隷)들을 시켜 길에서 벽제(辟除)하니라. 충작이 맨발로써 승마하고 가니 조예들이 길에서 벽제하고 꾸짖되 충작이 금하지 아니하더라.

바로 반궁(泮宮)[13]으로 들어가니, 반궁 벗들이 바라보고 대소하나 충작이 방약무인하더라.

---

6) 소과.

7) 성균관.

8) 성균관에서 식당에 들어가면 도기에 권점 하나씩을 받아 그것이 300이 넘어야만 부과(赴科)할 수 있음.

9) 하마하여. 상관자를 만나면 하마함.

10) 저녁때.

11) 말.

12) 견마부. 구종.

13) 주나라 때 제후의 도읍에 설립한 대학. 동서의 문 이남은 물로 둘러 있음. 여기서는 성균관을 말함.

후에 급제하고 자친(慈親)이 돌아가시니 충작이 설워 일야(日夜)에 부르짖어 마침내 한 눈이 멀기에 이르더라. 이미 귀히 되나, 매양 빈천할 때 일을 이르고 일찍이 어버이 생각하고 눈물 내지 아닐 때 없으니, 보는 자가 빛[1]을 움직이지 않는 자 없더라. 승지는 근시(近侍)하는 관원이라. 예사 묘목(眇目)[2]한 사람으로써 제수(除授)하지 않으니 이르기를,

"충작(忠綽)은 효로써 상명(喪明)하였다."
하여 홀로 승지하니라.

이목[3] · 김천령[4]이 문성(文聲)이 서로 힐항(詰抗)[5]하나 목(穆)의 재조 더욱 높은지라 매양 장옥(場屋)[6]에서 덧덧이 장원을 밀더니, 하루는 과거의 글 제(題) 삼도부(三都賦)를 낸지라 천령(千齡)이 글머리구(句) 보기를 청한대 목이 가로되,

"내가 그 가지말[7]을 버리고 간략한 말로 뜻하렷노라."
하고 그 머리구(句)를 뵈니 가로되,

하나라는 12산을 전(奠)하고,
우나라는 9주 지역을 제(祭) 지내도다.

---

1) 동색. 놀람.
2) 애꾸눈.
3) 조선 때 문신. 김종직의 문인.
4) 조선 연산군 때의 문신. 벼슬은 부제학.
5) 오르내려 다툼.
6) 과장(科場).
7) 지엽적인 말. 지사.

운운하니 천령이 기탄하여 거짓 웃으며 가로되,

"오늘 과거는 공이 마땅히 장원을 내게 사양하리라."

시관(試官)이 이 제(題)를 내어,

"양경(兩京)[8]과 삼도(三都)[9]의 웅장한 문자를 보고자 함이라. 그대는 옛 글귀를 이어 노유(老儒)의 말을 하고자 하느냐?"

목이 그렇게 여겨 1필로 고쳐 가로되,

오늘 저녁이 무슨 저녁인고,
하늘 바람이 편편하더라.

천령이 돌아가 앞의 머리구(句)를 취하여 그 말을 간략히 하여 드리니, 목은 많이 100여 귀를 능히 수습하지 못하더라. 마침내 천령에게 굴(屈)하여 천령이 장원을 하니라.

평창 군수 권두문[10]이 임진란에 왜(倭)에 사로잡힌 바가 되어 수족을 잠으고[11] 호적고(戶籍庫) 가운데 갇혔더니, 이윽고 한 왜가 한 함(函)을 가지고 와 두문을 열어 뵈니 곧 사람의 머리라. 가로되,

"이는 원주 목사 김제갑[12]의 머리라. 장차 장군의 진(陣)에 드리리니, 내일 네가 장진(將陣)에 이르러 또 이같을진저!"

---

8) 한나라 반고 작 서도부(西都賦)와 동도부(東都賦).

9) 진(晉)나라 좌사의 촉도부 · 오도부 · 위도부.

10) 조선 선조 임신(1572)년 문과. 벼슬은 통례정. 호는 남천.

11) 자물쇠로 잠기고.

12) 조선 선조 떼의 문신. 의사(義士). 임진왜란 때 관의병을 이끌고 싸우다 전사.

두문이 더욱 두려워하여 밤이 맞도록 자물쇠를 벗기니, 수족이 다 피가 나고 쇠사슬이 부러지는지라 드디어 호적책(戶籍冊)을 쌓으니, 높기가 집 들보와 같은지라 받들어 올라[1] 들창을 뚫고 담 밖에 나가니, 왜졸이 서로 베고 자는지라. 두문이 옷을 걷고 짓밟고 달아나니, 뭇 왜놈이 졸기를 익게 하여 깨치지 못하는지라. 시러곰 면하니라. 그때에 수사(水使) 이지의 나이는 젊고 아는 것이 없는지라 6세의 아우를 이끌고 풀 가운데 엎디었다가 왜에 사로잡힌 배되니라. 진 가운데 드려[2] 쇠 자물쇠로써 봉하고 깊은 집에 가두고 기둥에 쇠못을 박고 뭇 왜놈이 지키더니, 때는 여름이라. (뭇 왜놈들이) 당무정계(堂廡庭階) 사이에 어지럽게 누워 발을 용납할 곳이 없는지라 이지가 밤에 못을 들어 빼다가 지키는 왜 불로써 와 살피면 그 못을 처음처럼 박았다가, 왜가 좀을 기다려 자물쇠를 빼어 품고, 차마 아우를 버리고 도망치지 못하여 등에 업어 울지 말라 경계하고, 뻘건 다리[3]로 자는 왜를 넘어 땅을 가리어 디디고 정제(庭除)[4]에 나가니 절은[5] 담 4, 5척이 있는데, 그 밖은 두어 길이나 한지라. 아이를 업고 뛰고 싶으나 그 소리가 땅을 울릴까 두려워하여 먼저 아이를 드리워 땅에 떨어쳐 가로되,

"울지 마라, 울면 죽으리라."

하고 땅에 던지니 아이가 하하(呀呀)[6]히 울거늘 따라 뛰어 업고

---

1) 기어올라.
2) 바쳐져.
3) 맨발.
4) 뜰.
5) 짧은.
6) 엉엉.

달아나니, 왜가 구디[7] 잠들어 깨지 못하더라. 후에 등제하여 이름을 입(岦)이라 하여 전라좌수사를 하고 죽으니라.

한준겸이 소시에 양화도[8]를 건널새 사람이 배를 다투어 잔약하고 게으른 자는 오르지 못하는지라 한 무부(武夫)가 있어 말채를 집고 그 올림을 천단(擅斷)히 하여 한 연소천부(年少賤夫)를 내리니 천부가 무릅써 그 배에 오른즉, 호반(虎班)이 말채를 두르다가 그릇 그 왼 눈망울을 상해여[9] 빠져 배에 떨어지니 천부가 더불어 힐항하지 아니하고, 또한 한 말 서로 힐책하지 아니하고, 눈망울을 강물에 씻어 눈구석에 들이니[10] 무부가 부끄러워 사례하기를 마지아니하더니 배를 대매 천부가 먼저 내려 언덕에 섰더니 그 호반이 이에 내려와 장차 말 타려 할새 천부가 드디어 호반을 잡아 땅에 엎디리고 가슴에 걸터앉아 왼 눈망울을 빼니 호반이 싸우고자 하나 힘이 넉넉지 못한지라 풀고 가니 준겸이 목도하고 이르니,

"우(吁)라. 천단(擅斷) 좋아하는 화가 어찌 눈망울을 빠지게 할 뿐이리요. 사람의 경책(警責)하리로다."

아산 고을에 학이 마을 곁 큰 나무에 길들이는 것이 있더니 알을 미처 까지 못하여 마을 아이가 가져가 희롱하다가 알을 까치니 깃털이 이미 이루었는지라. 마을 늙은이 꾸짖고 하여금 길

---

7) 깊게.
8) 지금의 김포 공항 가는 길 목동 부근의 나루.
9) 다치게 하여.
10) 넣으니.

들이는 데 두니 새끼가 이미 죽은지라 학의 자웅이 알 깨침을 보고, 설워 울기를 마지아니하더니(하나는 그 집을 지키고, 하나는 멀리 날아가 돌아오지 않는지라) 3, 4일 후에 돌아와 그 새끼가 다시 살아나니 마을 늙은이가 고이히 여겨 그 집을 가 보니 그 집 가운데 푸른 돌이 있어 붉고 비치어 가히 사랑하온지라 드디어 가져와 상자에 넣었더니, 늙은이의 아들은 무부라 종사관으로 연경에 가 그 돌을 매달아 써 저자에 뵌즉, 장사 오랑캐〔胡商〕가 구경하고 기절히 여겨 가로되,

"네 어디로조차 얻었느뇨?"

가로되,

"학(鶴)의 집에서 얻었노라."

오랑캐가 천금(千金)으로 써 바꿈을 청하여,

"금이 준수하지 못하니, 원컨대 십습(十襲)하여 감추어 써 기다리라."

한데 무사가 크게 기뻐하여 맑은 물에 씻고 모래로 그 때를 갈았던바, 흔적이 있으니 앵욕(鸚鵒)의 눈 같은지라 돌로써 갈아 버리고 빛나는 비단으로 보(褓)를 만들어 겹겹이 싸고 빛나는 나무로 독〔櫃〕을 하여 자물쇠로 봉하여 써 기다리더니, 이윽고 장사 오랑캐가 그 값을 차려 가지고 와서 발하여 보고 크게 놀라 가로되,

"이 돌이 수일 사이에 그 정기를 잃었으니 이제는 쓸데없어, 어찌 한 조각 파기(破器)와 다르리요."

무사 가로되,

"어찌오?"

가로되,

"이 돌이 서해 유사지역(流砂之域)에서 나니 이름은 환혼석(還魂石)이라. 죽은 사람이 품 가운데 두면 즉시 살아나느니, 이제 모래로 갈아 그 눈을 버리니, 정신이 상한지라 장차 어디에 쓰리요, 가히 아깝다. 비록 그러나 절역(絶域)의 보배가 인력으로 일위지[1] 못할 배어늘 이제 무용(無用)의 구경만 하였노라." 하고 드디어 십금(十金)으로써 갚으니 무사가 차탄불이(嗟嘆不已)하더라.

국초(國初)에 한양 도읍을 열 때에 정도전[2]으로 하여금 모든 방(坊)의 명호(名號)를 정할새, 그중의 수진방(守眞坊)이 있어, 그 후에 도전이 집을 이 방(坊)으로 옮았더니(곧 죽으니) 때에 사람이 다 가로되,

"이른바 수진방이란 짐짓 수진방(壽盡坊)[3]이라." 하더라.

장자(長者) 고비는 충주 사람이라. 성정이 인색하고 보화를 중히 여겨, 무역하고 팔고 하여, 집 재물이 거만(鉅萬)에 이르러 창고와 궤와 독을 반드시 친히 봉하고 비록 줏긔겨[4] 같은 것이라도 중히 여김을 천금같이 하더라.

일찍이 일이 있어 멀리 갈새, 그 돌아올 기약을 헤아려 처첩에게 양식 줄새 되와 말을 다 계수(計數)하여 써 주고, 그 고름(庫廩)은 다 봉하고 갈새, 떠날 임시하여 한 그릇을 보니 메밀

---

1) 만들지.
2) 조선 태조 때의 명신. 호는 삼봉.
3) 현재의 서울 종로구 수송동 부근.
4) 겨와 무거리.

가루 두어 되가 고(庫) 집 밖에 있는지라 행장이 바쁘고 겨를이 없어 제 낯을 써 그 가루에 박아 써 표(標)하여 가로되,

"너희 혹 이 면(麵)을 먹어 낯 흔적과 다르면 죄 마땅히 죽으리라."

뒤미처 그 돌아오매, 길 가운데서 비를 만나 수일 기약이 어겼는지라 처첩이 그 주림을 참지 못하여 서로 더불어 꾀하여 가로되,

"죽을 지경이라. 차라리 먹고 죽으리라."

하고 드디어 그 반을 먹고 반은 머물러 두고 가만히 그 가루에 음부(陰部)를 박았더니, 고비(高蚍)가 돌아와 모든 고집 봉한 자물쇠를 살펴보고, 먼저 가루 그릇을 찾아 좌우로 살펴보아 가로되,

"내 수염이 이렇듯이 굽으냐? 내 코는 어찌 입 가운데 있느뇨. 너희들이 필히 훔쳐 먹었도다."

하고 드디어 그 처첩을 정타(挺打)하더라.

고비가 이미 늙으매, 그 마을 사람이 치부(致富)하는 꾀 배우기를 청한대, 비 가로되,

"아무 날 성(城) 위 솔숲 사이로 와 나를 기다려라. 내 가르칠 술(術)이 있노라."

하니 마을 사람이 주효(酒肴)와 공장(供帳)[1]을 갖추어 써 기다려 비가 이에 이르니 마을 사람들이 버러 절하고 물으니 비가 성 위에 솔가지가 멀리 성 밖으로 뻗어 땅 아래 없음을 보고 비가 마을 사람으로 하여금,

---

1) 차일 · 장막.

"그 나무에 올라 그 가지를 받들고 그 몸을 드리우고 한 손으
로 써 잡으라."
하고 좌우를 물리치고 가만히 일러 가로되,
"네가 재물 지키기를 이 손으로 이 가지 잡듯함이 족하다."
하고 다시 한 말 없이 가더라.

작품 해설

조선 광해군 13년, 즉 1621년에 어우당 유몽인이 지은 책으로, 민간의 야담과 가설 · 설화를 모은 것이다.

지은이 유몽인은 조선 중기의 이름난 신하로, 명종 14년, 즉 1559년에 태어났다. 자는 응문, 호는 어우당 · 간암, 시호는 의정이다. 본관은 흥양이며, 사관 충관의 손자로 진사를 거쳐 선조 22년, 즉 1585년에 문과에 급제했다. 일찍이 우계 성혼의 문하생으로 있을 때 문장에는 능했으나 사람이 경솔하여 스승의 교훈을 거역한 죄로 쫓겨났다. 그 후 성혼에 대한 원한을 품고 대북(大北)의 흉당들과 교제했으므로 당시 몽인을 가리켜 중북(中北)이라고 했다.

광해군 때 이조참판이 되고 이이첨과 대립하여 폐모론에 가담하지 않았으므로 1623년 인조 반정 후에도 죄를 입지 않았으나 여기저기로 떠돌아다녔다. 그해 7월 현령 유응시의 고변으로 대역모 사건이 일어나 기자헌 · 유경종의 부자 등이 체포되고 유몽인도 이에 연좌되자 도망가서 자취를 감추었다.

양주 서산에 숨어 있다가 결국 잡혀 대신 이원익·신흠·김상헌 등의 문초를 받을 때, 자기가 지은 〈상부사(孀婦詞)〉를 들어 그의 심정을 피력하고 인조를 섬기겠다고 했으며 대신들은 관대한 처분을 내리고자 했다. 하지만 인조 반정에 공이 있는 여러 대신들의 반대로 끝내 아들 약과 함께 처형되었다. 정조 때 신원되어 시호를 받고 이조판서에 추증되었다.

《어우야담》은 한글본과 한문본의 두 종류가 있다. 한문본으로는 여러 가지가 있는데, 그 전질이 12책 또는 16책으로 된 것이 있으나, 그 원본은 어떤 것인지는 분명하지 않다. 이 책 속에는 유몽인이 죽은 뒤의 이야기도 적혀 있는 것으로 볼 때 후대 사람들이 가필한 것임을 알 수 있다.

한글본은 2책으로 전질이 되어 있다. 역자와 연대는 확실하지 않으며, 이것은 역어체라기보다는 하나의 창작이라고 보는 편이 좋을 것 같다. 《대동야승》에 실려 전한다.

작가 연보

1559년　　출생. 자는 응문, 호는 어우당 · 간암, 시호는 의정.

1582년　　진사가 됨.

1585년　　증광문과에 급제.

1592년　　임진왜란이 발발하자 선조를 호종하여 평양에 감.

1593년　　세자시강원문학이 되어 왕세자에게 글을 가르침.

1609년　　사은사로 명나라에 다녀옴.

1612년　　예조참판에 이어 이조참판 역임.

1621년　　《어우야담》을 지음.

1623년　　인조 반정 뒤 아들 약과 함께 처형됨.
　　　　　정조 때 신원되어 이조판서에 추증.

1832년　　《어우집》이 간행됨.

┃구 인 환┃
서울대학교 사범대학 국어교육과 졸업
서울대학교 대학원 국어국문과 수료(문학 박사)
서울대학교 사범대학 교수
국어국문학회 대표이사 및
한국소설가협회 이사
문학과문학교육연구소 소장
서울대학교 명예교수

판 권
본 사
소 유

우리 고전 다시 읽기

역옹패설

초판 1 쇄 발행　2004년　1월 15일
초판 7 쇄 발행　2018년　2월 23일

엮은이　구 인 환
지은이　이 제 현 외
펴낸이　신 원 영
펴낸곳　(주)신원문화사

주　　소　서울시 구로구 가마산로 27길 14 (신원빌딩 10층)
전　　화　3664-2131~4
팩　　스　3664-2130

출판등록　1976년 9월 16일 제5-68호

＊잘못된 책은 바꾸어 드립니다.

ISBN　89-359-1163-1　04810